物語を継ぐ者は

実石沙枝子
Jitsuishi Saeko

祥伝社

物語を継ぐ者は

contents

装画　よしおか
装幀　bookwall

序章

大丈夫。全然平気。べつに、つらくなんてない。

繰《く》り返しそう唱《とな》えても、心は麻縄《あさなわ》で縛《しば》り上げられたみたいに悲鳴をあげている。さびしい、しんどい、苦しい。その叫びを認めてしまったら、きっともう立ち上がれない。

小学校の校舎の隅にある北階段は、わたしの唯一《ゆいいつ》の居場所だ。

普段めったに使われないせいで、毎日掃除《そうじ》をしているのに埃《ほこり》っぽい。節電のためといって、電気は消されている。底冷えする二月の空気で指先がかじかんでいく。踊り場の窓から差し込む真昼の光だけが、手元の本のページを照らして文字を浮かび上がらせる。

ほんの少しも、いいところじゃない。だけど、ここでしかわたしは息ができない。

ふと人の気配がして顔を上げると、階段の下から同じクラスの女の子たちがくすくす笑ってこっちを見ていた。わたしと目が合った瞬間、くすくす笑いが一段と大きく膨《ふく》れ上がって、弾《はじ》かれたようにその場から駆け出す。聞こえよがしな笑い声が、階段に反響しながら遠ざかっていく。

ここもだめだ。

本を閉じる。次の休み時間もきっと、クラスメイトがひとりぼっちのわたしを冷やかしにやって来るだろう。また新しい居場所を探すしかない。べつにいいんだ、二月の北階段は寒かった。もう少し暖かくて、もう少しいい場所がきっとある。

学校には大勢の子どもがいるけど、そのなかでも正真正銘のひとりぼっちは数少ない。本当の仲良しがいる子、孤立を防ぐための同盟みたいなものを結んでいる子。みんな、そうやって仲間を作って、クラスや学年という社会を上手に渡り歩いている。わたしも少し前までそうだったけど、気が付けば仲間がいなくなっていた。

なにか悪いことをしたとか、失言したとかいう心当たりはなかった。たぶん、ただ単にそういう順番が回ってきてしまったんだと思う。学校に行きたくないとダメモトでお母さんに言ってみても、たいして話を聞きもせずに、その程度で、と却下されてしまった。先生は、わたしが困っていることになんて気付いてくれない。

暖房の効《き》いた図書室に入って、カウンターで本の返却手続きをする。当番の図書委員は、卒業を間近に控《ひか》えた六年生だ。あと一ヵ月で小学校とおさらばできる。そのことが、とってもなくうらやましい。

次に借りる本を探して、返却本コーナーに目を向ける。

そこで、あるタイトルに視線が釘付《くぎづ》けになった。

『鍵開《かぎあ》け師《し》ユメと旅《たび》のはじまり』


ユメ。わたしと同じ名前だ。

吸い寄せられるように手に取った本は、全体的にシックな赤色の表紙だ。弓矢を持った女の子が心配そうな顔でこちらに向かって扉を開ける姿が描かれている。

この子がユメだ。

本を開くと、カバーを折り返した部分にあらすじが書いてある。落ちこぼれの出来損《できそこ》ない、だけど伝説の鍵開け師の孫娘であるユメが、王国と魔法女王を救うため、仲間とともに敵国の手先と戦いながら王都を目指す。そんな物語であるらしい。

心を縛り上げる麻縄が、ほんのちょっとだけ、ゆるむ。

世界が少し、明るく暖かくなる。

これはきっと、わたしのための物語だ。

「ユメ、決断してほしい。これはあなたにしかできないことなんだ」

スタンレーさんはまじめな顔で言いました。

先の魔法戦争で先代国王を救い出し、王国を勝利に導いた伝説の鍵開けソルムじいさんの、たったひとりの孫娘。そう言ってみればユメは特別な人みたいだけど、実際はそんなことはないと、スタンレーさんはわかっていないようです。

(わたしは何者でもないわ。ただの、落ちこぼれの出来損ない。取《と》り柄《え》なんてひとつもないもの)

だいいち、魔法女王が悪夢に倒れたというのも、本当なのでしょうか。ユメが暮らす田舎《いなか》村は、いつもと変わらずのんきで平和な時間が流れています。学校がある隣村も同じで、普段と様子が違う人なんてだれもいませんでした。悪夢の影響は少しずつ王国全土に広がっているとスタンレーさんは言うけれど、いくら彼が騎士団員だとしても、知らない人の言葉を信じるのは、ユメには難しいことです。そもそもスタンレーさんは、騎士団を抜け出して独断でやってきたと言います。じつは悪い人かもしれません。

「ぐずぐず悩んでいないで、腹をくくれよ。なさけないな」

ヒューゴがあきれた様子でうんざりと肩をすくめました。学校の男の子たちよりも体が大きく、堂々としてえらそうなヒューゴに強い口調で言われると、ユメはなおさら自信がなくなります。三人で囲んだテーブルが、気まずい沈黙に包まれます。

(レグランド王国と魔法女王を救うなんて、そんなの、わたしにはむりだわ)

断ろうと口を開いた、まさにそのときでした。

開け放たれた窓に、小さな女の人が降り立ちました。

「どうしたシエラ」

スタンレーさんが尋ねます。ユメはシエラと呼ばれた女の人の背中に羽が生《は》えているのを見て、妖精族《ようせい》だ、と気付きました。普段ユメたち魔法族の前に姿を見せることが少ない妖精族の人を見るのは、はじめてのことです。

「大変よ、スタンレー。ネヴェレリアの手先が隣村まで攻めてきた。鍵開け師を探しているみたい。急いで出発しないと」

シエラさんは背後の庭を指さしました。「もう、見つかるのも時間の問題よ」

スタンレーさんが立ち上がり、ヒューゴも少し遅れてそれにならいました。スタンレーさんがユメに向き直ります。

「出発しよう。ここにいたら危険だ」

「え、でも」

ユメが言いかけたのを制し、スタンレーさんは続けます。

「もう時間切れだ。ユメ、どうか覚悟を決めてくれないか。敵国があなたを狙《ねら》っているんだ。ここにいてもいつまで安全に暮らせるかわからない。最強の鍵開け魔法を受け継《つ》いだあなたこそが、この戦いを、この国の運命を左右するのだから」

第一巻『鍵開け師ユメと旅のはじまり』第二章より

第一章
未完結の遺作は

ドアを開けると、知らない家のにおいがした。

都心から電車を乗り継《つ》いで一時間と少し。最寄《もよ》り駅からは、バスに乗り換えて十分ほど。都内とは思えない、のどかで静かな町はずれに建つアパートは外壁がひび割れてかなり古く見えたけど、部屋も年季が入っていて薄暗かった。ドアは錆《さ》びているし、壁紙はところどころはがれている。玄関はずいぶん狭《せま》くて、お母さんが靴を脱ぐあいだ、わたしは雨が吹き込むアパートの廊下で待つしかなかった。

首を伸ばしてなかをのぞいてみる。たたきにはくたびれたサンダルが一足だけ置いてあった。玄関のすぐ横には古い洗濯機があって、その向こうのドアの先はたぶんユニットバス。ちらっと見えたキッチンは、シンクに洗い物がたまってすさんだ感じに散らかっている。

「まったく、どうしようもない生活をしてたのね」

使いっぱなしのキッチンを横目に見て、お母さんがうんざりした調子で言った。

「埃《ほこり》っぽいし、湿《しめ》っぽいし。姉さんのことだから、空気の入れ替えなんてろくにしていなかったのね。まずは換気をしなくちゃ」

おじゃましますも言わずに、お母さんは部屋にあがった。わたしも、おそるおそるそれに続く。埃で曇ったフローリングに足をつくと、ぎい、と軋《きし》んだ音が鳴った。

二週間前に、おばさんが死んだ。原付の事故でのことだ。

お母さんのふたつ上にお姉さんがいたことを、わたしは訃報《ふほう》を聞いてはじめて知った。お母さんは歳《とし》が離れたおじさんと二人兄妹と思っていたから、そのあいだにおばさんがいると聞かされたときは驚いた。お母さんの結美《ゆみ》という名前と一文字違いの、泉美《いずみ》おばさん。

彼女の名前すら、わたしは十四歳の今まで一度も聞いたことがなかった。

会ったこともなかったおばさんなんて、おもしろそうだ。あれこれ話を聞き出したいと思ったけど、どうもお母さんはおばさんのことが嫌いらしい。おばあちゃんも、おじさんも同じだ。みんなにさりげなく質問を繰《く》り返していたら「子どもは知らなくていいの」と言われてしまったから、たぶんあんまりおばさんのことを話したくないのだ。そのくせ、中学生の貴重な週末に問答無用《もんどうむよう》で遺品整理の手伝いをさせるんだから、ちょっとフェアじゃない。

「結芽《ゆめ》」

北向きの部屋で窓を開けながらお母さんが呼んだ。わたしは狭いキッチンから、すりガラスをはめた引き戸で隔てられた部屋に足を踏み入れた。

「うわあ」

六畳のわたしの部屋よりも狭い空間は、数えきれないほどの本であふれていた。部屋の規模には不釣り合いなほど立派で背の高い壁一面の本棚に、おびただしい量の本が並んでいる。収まりきらない本はローテーブルや床に積み上げられていて、本のジャングルみたいだ。

「こっちの部屋は、結芽が整理した方がいいかもね。なにかほしいものがあれば、持って帰っていいし」

「本当？」

「どうせ全部捨てるものだからね。――まったく、これだけ本を買うお金があるなら、もう少しマシな暮らしをすればいいのに」

呆《あき》れた様子で、お母さんはキッチンに向かった。「なんで休みの日をこんなことに使わなくちゃいけないのよ」とぼやく声が、乱暴にごみ袋を開ける大きな音と一緒にいらいらと聞こえてくる。

わたしは、そっとおばさんの本棚に近付いた。草木の気配を感じさせる梅雨《つゆ》の湿った風が吹き込んで、埃っぽいにおいを巻き上げる。そのなかには本のにおいもたしかにあって、わたしは一気におばさんに親近感を抱《いだ》いた。

本棚に入っているのは、最近話題になった文芸書から、漫画、児童書、文豪の全集、画集、図鑑と、多種多様だ。どれも大切に扱《あつか》われていて、だけどコレクションではなく読むために集められたものだと感じた。

中でも一番大切に扱われているとわかるのが、ちょうど目の高さにある、有名な児童文学『リラの冒険《ぼうけん》』の愛蔵版だ。ほかの本は窮屈《きゅうくつ》そうに詰《つ》め込まれているのに、そこだけ本を守るようなゆとりがある。

『リラの冒険』の愛蔵版は箱入りで、小口《こぐち》が金色の箔《はく》で飾られた、夢のように豪華な装丁《そうてい》だ。特典として挿絵や、作中世界の地図も入っている。十年くらい前に数量限定で販売されたものだ。今はオークションサイトやフリマアプリなどでプレミア価格で取引されている。誕生日にほしいとお母さんにねだったら、たかが本なのに高すぎると却下された。手に取ってみると、通常版よりもずっしりとした重みがある。装丁も、ネットで見るよりずっと素敵だ。これは絶対にもらって帰ろう。

おばさんの本棚にはほしい本が何冊もあった。だけど持ち帰れるものは限られているから、ほとんどは処分することになるだろう。貴重な本を見落とさないようにじっくり確認していると、古本屋とか、それこそフリマアプリとかでいい値がつきそうなものがいくつもあった。絶版になっている本や、人気作の限定カバー本もたくさんある。このコレクションをそのまま捨ててしまうのはもったいない。

めぼしい本をピックアップし終えて、本棚からデスクに視線を移す。わたしの部屋にある学習机よりも小さなデスクの上には、ノートパソコンと卓上カレンダーが置いてあった。足元には、ノートパソコンの空き箱が無造作に転がっている。

それらを見て、意外に思った。おばさんは近くのドラッグストアでパートをして暮らしていたそうだ。アパートの立地や雰囲気からしても、裕福だったとは思えない。今はスマホがあれば事足りる時代だし、ノートパソコンは贅沢品《ぜいたくひん》だろう。もしかして、ライターの副業とかをやっていたのだろうか。

カレンダーを確認してみる。日付はまだ五月のままだ。おばさんは、五月二十七日に亡くなった。

「……え？」

シフトの予定が書きこまれたカレンダーの、三十一日のマスを見て、思わず声が漏《も》れた。ハッとして、キッチンを片付けるお母さんを盗み見る。お母さんは黙々《もくもく》とキッチン用品や冷蔵庫の中身をごみ袋に投げ込んでいて、わたしの声は聞こえなかったみたいだ。

深呼吸して、心を落ち着けて、もう一度カレンダーの五月三十一日の予定を確認する。

鍵ユメ改稿〆切

まさか、と思いながら屈《かが》むと、デスクチェアの向こうにも本が積まれていることに気付いた。そこにあるのはイズミ・リラ作『鍵開け師ユメ』シリーズの既刊分、全四巻。わたしの人生で一番の愛読書。うちにあるものとまったく同じだ。だけど、すべての巻が複数冊ある。

まさか、と思って手が震えた。ちょっと申し訳ない気はするけど、デスクのひきだしを開けて中を漁《あさ》る。そこには筆記用具のほかに、メッセージが書かれた一筆箋《いっぴつせん》が何枚か入っている。差出人はどれも「倉森《くらもり》」とあった。

そして宛名《あてな》は、

「……イズミ・リラ様」

声に出した瞬間、パズルのピースがはまるみたいに情報が繋《つな》がった。だけどその答えを信じられなくて、まさかね、と別のひきだしに手を伸ばす。

一番大きなひきだしにはきれいなお菓子の箱が入っていた。蓋《ふた》を開けると、かわいい封筒の手紙が何通も折り重なっている。宛名や差出人の文字はどれも、少しいびつな子どもの字だ。

そのうちの一通に見覚えがあった。黄色の花模様、花びらに銀の箔押しがされた、豪華な封筒。宛先は、風月書房《ふうげつしょぼう》編集部イズミ・リラ先生係。

差出人の名前は、本村《もとむら》結芽。

まちがいない。小学五年生のわたしが、イズミ・リラに宛《あ》てて出したファンレターだ。

心臓がばくんと鳴る。

おばさんは、イズミ・リラだ。

狭い部屋に押し込まれた、本棚からあふれるほどの大量の本。カレンダーに書かれた「鍵ユメ改稿〆切」の文字。そして、大切に保管された、何通ものイズミ・リラ宛てのファンレター。

『鍵開け師ユメ』の三巻に織《お》り込まれていた特別冊子のインタビューでイズミ・リラは、ペンネームは『リラの冒険』の主人公からとったと語っていた。イズミというのは名字だと思っていたけど、違う、これも名前だ。おばさんの名前は、泉美だ。

お母さん！　と呼びかける寸前で、口を閉じる。

このことを、お母さんに知られたらまずい。そう直感した。

お母さんはおばさんが嫌いみたいだ。わたしが小説ばかり読んでいるのも、気に入らないと思っている。いつももっとためになる本を読みなさいと言ってくるくらいだ。おばさんがイズミ・リラだと知ったら、ここにあるものを全部捨てられてしまうかもしれない。

わたしは数秒考えて、ひとまず持ち帰りたいものを一か所にまとめることにした。本棚から厳選した本は最終的に三十冊。今日持ち帰る分と、明日にまわす分に分別する。ファンレターも捨てたら申し訳ないように思えて、お菓子の箱ごともらっていくことにした。

それから、ノートパソコン。

箱がまだ捨てられていないから、買ったばかりのものだろう。お母さんに前から自分用のパソコンがほしいとねだっていたから、言い方次第では持ち帰ることができるはずだ。このノートパソコンは、絶対に捨てられない。だって、カレンダーには「鍵ユメ改稿〆切」とある。改稿という言葉は知らないけど、字面《じづら》からして原稿の書き換えを意味しているはずだ。『鍵開け師ユメ』シリーズの五巻の発売は、例年通りなら今年の秋。ということは、まだ誰も読んでいない五巻の原稿が、きっとこのノートパソコンの中に入っている。

「結芽、どう？　順調？」

お母さんが様子を見に来る。「まあまあ」掃除《そうじ》にはまったく手を付けていないけど、わたしはにっこり微笑《ほほえ》んで答えた。

「ねえ、本と一緒にこのパソコンも持ち帰っていいかな。まだ買ったばかりみたいだから、捨てるのもったいないと思うんだ」

「使えるなら、いいんじゃない？　捨てるのも面倒だし」

「やった。ありがと」

これで五巻の原稿をゆっくり読める。

「持ち帰るものの目星をつけたら、さっさと片付けちゃいなさいよ。今日と明日でどうにかしないといけないんだから。——まったく、なんでせっかくの土日にあの人の部屋を片付けないといけないのよ。わたしだって仕事で疲れてるのに」

ぶつくさ言いながら、お母さんはまた作業に戻る。なるべく明るく素直な返事をして、わたしも掃除をはじめた。

少ない服をクローゼットから出し、日用品を分別してゴミ袋に入れ、まだ使えるボールペンとかはもらうことにした。

そうやって、おばさんの部屋は二日間かけてからっぽになった。

わたしは三十冊の貴重な本と、イズミ・リラのノートパソコンを手に入れた。おばさんが大好きな作家だったなんて最高の気分だ。いったいどんな人だったんだろう。もし生前に会えていたら、仲良くなれていただろうか。作品の裏話だって聞けたかもしれない。

せっかくの週末が潰《つぶ》れた不満は、とっくにどこかに消えていた。


おばさんの部屋の片付けを終えた日曜の夜、家に帰るとさっそく部屋に引っ込んで、ノートパソコンを立ち上げた。新しい型のようで、起動時間は短い。すぐにＰＩＮの入力を求められる。

ためしに１２３４と入力してみるけど、違った。おばさんの誕生日とかかな、と思ったけど、そんなもの知らない。何度もＰＩＮを間違えるとロックがかかりそうだから、メモ帳にいくつかありえそうな数字を書き出してみる。もしやとひらめいて『鍵開け師ユメ』シリーズの一巻の発売日を入力してみるけど、これも違った。

ふと、持ち帰った『リラの冒険』の愛蔵版が目に留まる。イズミ・リラのインタビューで知って図書館で借りてみたこの物語も、『鍵開け師ユメ』に負けないほどおもしろかった。イズミ・リラにとって、『リラの冒険』が創作の原点なのだそうだ。十二歳の誕生日に、秘密の力が芽生えたリラが悪い魔法使いと戦う物語は、三十年ほど前に中学生の女の子たちのあいだで大ブームになったらしい。今でも、児童文学の名作のひとつとして、ときどき読書好きのあいだで話題にのぼる。

もしかして、と思って、ＰＩＮにリラの誕生日を入力してみる。これが違えば三回連続で間違えたことになるから、そろそろロックがかかるなり、警告が表示されるなりするかもしれない。

どきどきしながらエンターキーを押す。

すると、画面が切り替わって「ようこそ」という文字が浮かび上がった。

よし、と小さくガッツポーズをする。表示されたデスクトップ画面は整理されていて、一番目立つところに「鍵ユメ」と名前を付けたフォルダがあった。

クリックしてみる。フォルダの中には、「鍵開け師ユメと王都の悪夢（仮）」という下層フォルダがある。間違いない、五巻のタイトルだ。フォルダを開けると、Wordのファイルがいくつか並んでいる。一番新しいものは、五月二十七日、イズミ・リラが亡くなった日の朝六時半ごろに保存されたようだ。

ファイルを開くと、思った通り『鍵開け師ユメ』シリーズ五巻の原稿が表示された。言いようのない喜びと感動が押し寄せて、目が勝手に文字を追いはじめる。わたしは今、誰よりも早く、『鍵開け師ユメ』の新作を読んでいるんだ。

『鍵開け師ユメ』シリーズは、五十年前の魔法戦争で隣国ネヴェレリアに勝利した、善《よ》い魔法族の国であるレグランド王国が舞台だ。主人公のユメは、魔法戦争でネヴェレリアに捕《と》らわれた先代国王を救い出し、王国の勝利に貢献した英雄にして伝説の鍵開け師、ソルムじいさんの孫娘。幼いころに流行《はや》り病《やまい》で両親を亡くしたユメは、すっかり平和になったレグランド王国の片田舎《かたいなか》で、ソルムじいさんに育てられた。

しかしあるとき、悪い魔法族の復権を狙《ねら》うネヴェレリアの悪夢王が、レグランド王国の魔法女王に奇襲を仕掛ける。王国の平和を司《つかさど》る魔法女王は悪夢に倒れ、王都から少しずつ、悪夢王の影響が国土に広がっていく。王国が完全に悪夢に飲み込まれ、ネヴェレリアの手に落ちるのを防ぐため、騎士団でも数少ない、悪夢に抵抗できる強力な魔法使いスタンレーが、見習い騎士のヒューゴを連れ、ソルムじいさんのもとを訪ねる。ソルムじいさんだけが使える最強の鍵開け魔法なら、魔法女王を蝕《むしば》む悪夢を解くことができるのだ。

しかしソルムじいさんは少し前に病気で亡くなっており、残されたのは鍵開け魔法を受け継いだ孫娘のユメのみ。自信がなくて引っ込み思案《じあん》なユメだが、王国を救うため、仲間とともに王都を――城で眠る魔法女王のもとを目指すことになる。

五巻では、ユメたち一行がようやく王都に到着する。悪夢の影響が出てから時間が経《た》っているだけでなく、魔法女王の影響が強く作用している王都は、これまで立ち寄った街や村とは比べものにならないほど混乱しているはずだ。きっとユメたちは翻弄《ほんろう》されるだろうと、四巻を読み終えたときから楽しみにしていた。Wordに打ち込まれた五巻は、わたしが想像していた物語より何倍もおもしろい。この原稿を誰より早く読めるなんて、一生分の運を使い果たしているかもしれない。

一気に読み終えて時計を見ると、あっという間に二時間近くが経っていた。五巻のラストで、ユメとヒューゴは悪夢に操《あやつ》られた衛兵に捕らえられ、死刑を言い渡されて牢屋《ろうや》に閉じ込められてしまった。ソルムじいさんよりも力がなく、一日一回しか鍵開け魔法を使えないユメは、今はまだ牢屋を開けられず、逃げられない。前回魔法を使ってから、二十四時間経っていないのだ。どうしよう、やっぱり五巻もすごくおもしろい。これを刊行前に読めるなんて最高だ。この感動と興奮を、だれかと共有したい。

わたしはスマホに手を伸ばした。ＬＩＮＥを開き、琴羽《ことは》ちゃんとのトーク画面を開く。

〈超重大ニュース〉

そう送信して次のメッセージを打っているあいだに、琴羽ちゃんから返事が来る。

〈なになに〉

〈わたしのおばさんイズミ・リラだった〉〈パソコンから五巻の原稿出てきた〉〈読んだけどすっごくおもしろかった〉

立て続けにメッセージを送ると、しばらくトークが沈黙した。

〈まじ?〉

琴羽ちゃんの質問に〈まじ〉と即答する。

〈おばさんって、最近亡くなったっていうあのおばさん?〉

〈そう〉〈カレンダーに締め切りが書いてあったし〉〈ファンレターもあったし〉〈イズミ・リラで間違いない〉

再びトークが沈黙する。三分くらい待ってようやく、琴羽ちゃんからの返信が届いた。

〈それやばくない?〉

やばいに決まってるじゃないか。

世界で一番大好きな物語の作者が、自分のおばさんだったのだ。やばすぎて、昨日から心拍数が上がって仕方がない。

〈やばいよ〉

〈結芽っちわかってないでしょ〉

琴羽ちゃんのメッセージの雲行きがあやしい。〈なにが？〉とメッセージを送ってみるけど、返事はすぐには来なかった。まただ。返信が早い琴羽ちゃんにしてはめずらしい。

〈明日学校で話す〉

やっとメッセージが届いて、やり取りは終了した。

琴羽ちゃん、もしかしてわたしが先に五巻を読んだから嫉妬《しっと》しているんだろうか。

なんだか体が地面から浮いているみたいに心がふわふわする。自分が憧《あこが》れの作家の姪《めい》だったなんて、最高だ。いつかサインをほしいと思っていたけど、サインをもらうよりもずっと嬉《うれ》しい。

琴羽ちゃんにも、五巻を読ませてあげなくちゃ。明日会ったら、ネタバレしないように気を付けよう。

そんなことを思いながら、わたしはイズミ・リラのノートパソコンを閉じた。

「結芽っちのおばさんがイズミ・リラだったんでしょ？　おばさんは亡くなったんでしょ？　つまりイズミ・リラは死んだってことでしょ？　ってことはわたしたち、この先一生イズミ・リラの新刊を読めないんだよ？」

次の日の放課後、文芸部の部室である空き教室で、琴羽ちゃんは深刻な顔をして言った。部室の窓際《まどぎわ》に大きな机の島を作ったほかの部員たちの笑い声が、わたしの衝撃を強調するように、どっと響く。

「……ほんとだ」

「気付かなかったの？」

「……新作を読めたのが嬉しすぎて、そのへんは頭から抜け落ちてた」

琴羽ちゃんが呆《あき》れた様子で軽く笑う。

「『鍵ユメ』、五巻で完結した？」

「してない。たぶん六巻で完結だけど、そっちの原稿はなかった。ってことは……」

「『鍵ユメ』は未完、だね」

「そ、そんな……」

落ち込むわたしたちとは正反対に、他の部員たちの話し声はものすごく楽しそうだ。

──名前、結芽っていうの？　いいな、鍵開け師みたい。その三つ編みも。

去年の四月、入学式の日にそうやって琴羽ちゃんに声をかけられたことを思い出す。お母さんの強い勧《すす》めで入った私立中学は頭がよさそうな子が多くて、わたしは完璧に気おくれしていた。中学受験は補欠合格だったこともあって、なんだか自分は最初から落ちこぼれているように思えたのだ。

声をかけてくれた琴羽ちゃんも、小柄《こがら》だけど知的そうで、大きな目と潔《いさぎよ》いショートカットがかわいくて、いつもどこか垢抜《あかぬ》けない自分よりもはるかに優《すぐ》れた人に思えた。

そんな琴羽ちゃんに、「鍵開け師みたい」と言われて、ピンときた。というより、稲妻《いなずま》が走ったような気分だった。「それ、もしかして『鍵開け師ユメ』？」と尋ねると、琴羽ちゃんはにっこり頷《うなず》いた。

――世界一おもしろい本だと思う。

その瞬間、この子とは友達になれるかもしれないと、希望がわいた。

それから短い休み時間のたびに二人で『鍵開け師ユメ』について語り合って、下校の時間になるころには、わたしたちはすっかり仲良しになっていた。小学校生活がうまくいかなかったせいで、中学でも友達ができなかったらどうしようとずっと心配していたから、帰り道で「また語ろうね！」と琴羽ちゃんに手を振られたときは、『鍵開け師ユメ』シリーズと、作者のイズミ・リラに心の底から感謝した。

喘息《ぜんそく》で入退院を繰り返し、小学校にあまり通えなかったという琴羽ちゃんは、わたしよりもたくさんの本を読んでいた。わたしだってそれなりに読書家だけど、全然その比ではなくて、わたしが好きな本はたいていてい知っている。しかも、その本が好きならこっちも好きだと思う、と他のおすすめを教えてくれた。琴羽ちゃんのおかげで、わたしはたくさんの新しい本と出会い、そのたびに感想を語り合った。イズミ・リラのほかの著作を教えてくれたのも琴羽ちゃんで、これ以降わたしは、作者名で本を読むという選択肢を身に付けた。

本について話せる友達がたくさんほしい、と二人で迷わず文芸部に入ったのだけど、部は少年漫画の二次創作をするオタク勢が覇権《はけん》を握《にぎ》っていた。文芸部というより、ほとんど漫研。もっと言えばBL同好会だと気付いたのは、仮入部期間が終わったあとのことだった。顧問の先生にやる気がなく、ほとんど部室に顔を出さないこともあって、文芸部で文芸について意見を交わす機会はなかった。とはいえ全生徒が部活に入ることを義務付けられているし、いまさら別の部に乗り換える勇気もないので、ふたりとも諦《あきら》めて文芸部に落ち着いている。

漫画も好きだけど、二次創作やBLには興味がないわたしたちにとって、部の居心地はいまいちだ。だけど二年生になるときのクラス替えで教室が離れてしまったわたしたちは、学校で顔を合わせる機会が激減した。今では部室だけが琴羽ちゃんと落ち着いて話せる空間だ。華やかな子が多い新しいクラスで友達を作れなかったわたしにとって、琴羽ちゃんの隣は安息《あんそく》の地と言える。知らない漫画のキャラクターが尊《とうと》いと大声で騒ぐ子たちが幅を利《き》かせていたとしても、わたしには琴羽ちゃんと、机がひとつと椅子《いす》が二脚、それから共通の話題になる本が一冊あれば充分なのだ。

中学に入ってから、琴羽ちゃんとたくさんの本を読んだ。最近は、児童文学よりもライト文芸や大人向けの一般文芸を読むことが増えている。

それでも、わたしのベスト本はずっと『鍵開け師ユメ』シリーズだ。

そう思っているのに、わたしは部の活動日誌のおすすめコーナーに『鍵開け師ユメ』と書いたことがない。ほかの部員が少年漫画のキャラクターや、はやりのアニメにアニソン、声優の名前なんかを書くから、なんとなくジャンル違いな気がする。というのは言い訳で、本当は中学生にもなって小学校中学年向けの児童書を推《お》したらばかにされそうだと思っているのだ。少なくともわたしはそうだし、琴羽ちゃんも紹介しないからたぶん同じなんじゃないかと思う。入部したばかりのころ、同じ学年の雪野《ゆきの》さんがミヒャエル・エンデの『モモ』をおすすめコーナーに書いたとき、他の部員から冷やかされていたので、なおさら怖い。そんな雪野さんも今ではオタクグループに加わって楽しそうにはしゃいでいる。入部当初は雪野さんと話してみたいと思っていたけど、すっかり話しかけにくい人になってしまった。

「そういえば、イズミ・リラのカレンダーに、締め切りが書いてあったんだっけ?」

思い出したように琴羽ちゃんが言う。

「うん。五月三十一日だった」

「イズミ・リラが死んだのって?」

「五月二十七日の朝。七時くらいって聞いたけど」

答えると同時に、琴羽ちゃんの言いたいことがわかってハッとした。

「もしかして……、締め切り過ぎてない?」

「その可能性めっちゃ高い。まず、出版社の人って、イズミ・リラが死んだことを知ってるの？」

「たぶん知らないと思う。そもそもうちのお母さんがおばさんの正体を知らないから、連絡のしようがないんじゃないかな」

「それなら教えてあげないと。出版社の人たち絶対困ってるよ」

「でも、連絡先わかんないよ」

「『鍵ユメ』の奥付に、出版社の電話番号が載ってないかな」

「電話とか絶対無理」

わたしは全力で首を横に振った。腕を組み、しばらく考えた琴羽ちゃんが、ひらめいた様子で顔を上げる。

「パソコンに編集者からメールが届いてるんじゃないの？　それに返信すればいいよ」

「ど、どうやってメールすればいいの？」

わたしが尋ねると、琴羽ちゃんは「普通に送ればいいじゃん」と当然の顔で言った。

「メールなんてしたことないよ」

「わたしもないけど、ＬＩＮＥとかＤＭよりも手紙風に書けばいいと思うよ。とりあえず、結芽っちが読んだ五巻のデータを添付して、イズミ・リラの姪です、おばが事故で亡くなりました、って送れば解決でしょ」

琴羽ちゃんは簡単そうに言うけど、結構ハードルが高い気がする。編集者というのは、すなわち大人で、社会人だ。文芸部の日誌で次回担当の先輩にバトンを渡すことにすら緊張するわたしには、ほとんど不可能に思えた。

「……無理っぽい」

「無理っぽくても、早く知らせたほうがいいよ。それに、メールなら電話よりずっとマシでしょ？」

「そうだけど……。中学生がメールを送っても、きっと本当だなんて信じてもらえないよ」

「じゃあ、結芽っちママのふりをすればいいよ。きっと出版社の人は困ってるし、家に帰ったら、さっさとメールしちゃいな」

頑張れー、と琴羽ちゃんは気楽に言う。わたしは思わずため息を吐《つ》いた。

「あ、そうだ。五巻の原稿、今度わたしにも読ませてよね」

琴羽ちゃんはきらんと目を輝かせる。「わかってるよ」返事をしながら、面倒くさいことになったな、とため息を吐いた。


制服から部屋着に着替えて、イズミ・リラのパソコンを起動する。

タスクバーにピン留めされたメールアプリをクリックすると、案の定、未読メールが何通か溜《た》まっていた。どれも、風月書房の倉森さんからだ。

倉森、という名前には見覚えがあった。たしか一筆箋に書かれた差出人の名前だ。この人が、イズミ・リラと仕事をしている編集者なのだろうか。

未読メールに目を通してみる。内容はどれも、イズミ・リラと原稿を心配したもので、返信をください、と結ばれていた。改稿の締め切りから、もう二週間以上。たしかに、これはメールを送ってイズミ・リラの死と現状を説明しないと、相手がかわいそうだ。

〈倉森さんへ
こんにちは。はじめまして。わたしはイズミ・リラの妹で、本村結美といいます。
姉は、五月二十七日に、原付の事故で亡くなりました。
このメールは、姉のパソコンから送っています。『鍵開け師ユメ』の五巻を改稿した原稿のデータがあったので、メールに添付します。
連絡するのが遅くなってごめんなさい。

本村結美より〉

お母さんの名前を借りながら悩みに悩んで文章を作り、メールを送信する。たったそれだけのことなのに、どっと疲れた。

それから学校の宿題をして、またパソコンを立ち上げてメールアプリを確認すると、倉森さんからの返信が届いていた。どうしよう返事きちゃった、とどきっとしつつ、あの内容のメールを受けたら普通は返信するよな、とも思う。わたしはおそるおそる新着メールをクリックした。

〈本村結美さま
お世話になっております。イズミ・リラさんの担当をしております、風月書房の倉森佳《よし》樹《き》と申します。

イズミさんが亡くなったとのこと、謹んでお悔《く》やみ申し上げます。お忙しいなか、ご連絡いただきありがとうございました。

また、改稿のデータもお送りいただきまして、恐れ入ります。

イズミさんとは亡くなる前日に電話でお話ししたばかりでしたので、このたびの訃報を受け、大変驚いており、まさかと信じられない気持ちでおります。残念でなりません。

今後のことなども含め、一度お会いしてお話しさせていただけたらと思うのですが、本村さんのご都合のよろしい日時などお知らせいただけますでしょうか。

ご検討のほどよろしくお願い申し上げます。

〈倉森拝〉

メールを読んで、わたしは焦《あせ》った。このメールにまた返信しなくてはいけない、というのも困るけど、どうやら倉森さんと会わなくてはいけないらしい。

これはさすがにお母さんに相談した方がよさそうだ。

だけどお母さんはたぶん、おばさんが嫌いだ。本も嫌いだ。わたしがいまだに『鍵開け師ユメ』を愛読しているなんて知ったら絶対に機嫌が悪くなるし、そもそも小説というものを軽んじている。

おばさんがじつは作家で、彼女の担当編集者が話をしたいと言っている。大人の出番なのはたしかだけど、お母さんが編集者と会ったらイズミ・リラにとって都合が悪い選択をしてしまうかもしれない。お母さんには黙っていた方がいいと、わたしの直感が訴えていた。なにより、わたしがおばさんの正体を知って今まで黙っていたとバレたら、「なんですぐ言わなかったの」と怒られるに違いない。

時計を見る。お母さんは去年営業部の課長になってから残業が多い。仕事から帰ってくるまでには、まだ時間がある。

わたしはスマホを手に取った。琴羽ちゃんに電話をかける。琴羽ちゃんはすぐに通話に出た。

『もしもし結芽っち？』

「やばいことになって相談」

『イズミ・リラ案件？』

おもしろがるような琴羽ちゃんの声に、電話だから伝わらないとわかっていても大きく頷いた。

倉森さんからのメールを読み上げる。すると琴羽ちゃんは『わーお』と楽しそうな声をあげた。

「わーお、じゃないよ」

『でも、編集者なんてなかなか会えないよ。しかも、イズミ・リラの担当編集だよ？　最高じゃん』

「でもわたし、お母さんじゃないし」

『それでも、せっかくだから会っちゃいなよ』

「会ってどうしろと……」

『話すんだよ』

「なにを話せと……」

『心配なら、それこそ結芽っちママに付いてきてもらったら？』

「それ、絶対だめ。一番だめ。うちのお母さん、イズミ・リラ……っていうか、おばさんと仲悪いっぽいから。小説のこともよく思ってない感じだし」

　琴羽ちゃんが納得とも困惑ともとれる声で唸《うな》る。『結芽っちママらしいね。なんていうの、超現実主義？』と言われて、わたしはどちらかというとロマン否定主義かな、と思う。

『でも、倉森さんだっけ？　編集者とは会って話した方がいいよ。もしかしたら、結芽っちのメールを締め切りをすっぽかして逃げたくてたまらないイズミ・リラの狂言だと思ってるかもしれないし。イズミ・リラのためにも必要なことだよ』

「だけど、会ったらきっとお金の話とか出てくるよね」

『あとたぶん、権利の話とかもね。なんだろう、著作権とか？』

「わたしにそういう話、できると思う？」

　その質問に、琴羽ちゃんは『荷《に》が重いねえ』と答えた。

　そう、荷が重いのだ。初対面の社会人と一対一で話すのはもちろん、そこにお金や権利の話が出てきてしまったら、まず間違いなく手に負えない。

『とりあえず、一回会うだけ会って、イズミ・リラと結芽っちママが仲悪いこと説明して、いろいろ保留でお願いしますって言えばいいんじゃない？』

　琴羽ちゃんの提案は現実的だった。それならなんとかできるかもしれない。だけど、やっぱりひとりで倉森さんと会うのは不安だ。

「……琴羽ちゃんも一緒に来てください」

『いいよ』

琴羽ちゃんはあっさり、むしろわたしがそう言うのを待っていたみたいに引き受けた。

『今度の木曜日の放課後は病院で検査だから無理だけど、それ以外なら予定ないから。編集者って、一度会ってみたかったんだ。ラッキー！』

歌うような声で琴羽ちゃんは『じゃ、また明日ね』と通話を切った。

琴羽ちゃんが付いてきてくれることになって一安心だけど、荷も気も重いのは変わらない。琴羽ちゃんの明るさと度胸を少しわけてもらいたいくらいだ。

メールの返信マークをクリックする。

気合を入れるように両頬《りょうほお》をぱちんと叩《たた》いて、わたしは倉森さん宛てのメールを打ちはじめた。


やっぱり無理、絶対無理。なんか怖い、帰りたい。

金曜日、倉森さんとの約束の日。背の高いビルが立ち並ぶオフィス街で電車を降りた瞬間、わたしの心はしぼんで怖気《おじけ》づいた。学校や家の近くで会いたくないから風月書房の最寄り駅まで来たけど、こんなに大人の街とは思わなかった。

街を行くのはスーツを着た人ばかりで、中学校のセーラー姿のわたしと琴羽ちゃんはものすごく浮いている。

「風月書房のビルはどこだろう。せっかくなら会社で会うのでもよかったのにな。出版社、見てみたいし」

足取りの重いわたしの腕をぐいぐい引っ張りながら、琴羽ちゃんはオフィス街を意気揚々《いきようよう》と進む。倉森さんとは、風月書房の近くにある喫茶店で会うことになっている。

「ちゃんと話できるかな……」

「できると思わなくちゃできないよ。お店、あれじゃない？　看板が出てる」

琴羽ちゃんが前方を指さす。たしかに、倉森さんから指定された喫茶店の名前が書かれた看板が見えた。店の前に男の人が立っている。

「倉森さんですか？」

顔が見える距離になって、琴羽ちゃんが元気よく尋ねた。そうです、という声が返ってくる。

倉森さんは少しふっくらとしていて、濃紺のスーツを着てオシャレな丸メガネをかけている。年齢は四十代後半くらいに見えた。怖い人だったらどうしようと思っていたけど、やさしそうだ。

「えっと……本村結美さんですか？」

「メールを送った本村結美は仕事の都合で来られなくなったので、代理として娘の結芽が来ました。わたしは付き添いです」

琴羽ちゃんは嘘《うそ》を交《まじ》えてはきはき答える。困惑した表情の倉森さんは「とりあえず中に入りましょうか」と言って店のドアを開けた。

「ほら、行くよ」

物怖《ものお》じしない琴羽ちゃんに促され、わたしはもう逃げられないな、と思いながら、喫茶店に足を踏み入れた。

差し出された名刺を、どうやって受け取ればいいのかわからなかった。

名刺には品のいいフォントで倉森佳樹と書かれ、隅に風月書房のロゴマークが印刷されている。倉森さんの肩書は編集次長とあった。次長ってなんだろう。

とりあえず両手で名刺をもらって、悩んだ末に財布のポケットにしまう。琴羽ちゃんはテーブルの上に名刺を置いたから、もしかしたらしまうのは失礼だっただろうかと思ったけど、一度しまったものを取り出したら不自然なので諦めた。

「本村結芽さんと、お友達の目黒《めぐろ》琴羽さん、ですか。お時間頂きありがとうございます」

倉森さんは穏《おだ》やかに微笑んだ。喫茶店には大きな窓があって、差し込む西日がまぶしいくらいだ。

「……こちらこそ、ありがとうございます。伯母《おば》のこと、連絡するのが遅くなってごめんなさい」

わたしが謝ると、倉森さんは「そんなことないです。お忙しかったでしょうから」と言いながらメニュー表を差し出した。わたしたちがオレンジジュースに決めると、倉森さんは店員を呼び、オレンジジュースふたつとホットコーヒーを注文した。

「結芽さんと琴羽さんは、中学生ですか？」

「……そうです」

「何年生ですか？」

「……二年生です」

返事をしながら、わたしは中学受験の面接を思い出して体が硬くなるのを感じた。隣で琴羽ちゃんが、

「わたしたち、中学の入学式で『鍵開け師ユメ』をきっかけに仲良くなったんです」

と補足する。

それを聞いて、倉森さんは目を輝かせた。

「そうなんですね。きっと、イズミさんも嬉しかったでしょうね。姪御《めいご》さんが読者で、自分

の作品をきっかけに友達ができたなんて。もしかしたら主人公の名前は結芽さんから取ったのかな」

「あの、わたし、じつは伯母には会ったことがないんです」

わたしが言うと、倉森さんは不思議そうな顔をして、黙って続きを促《うなが》すようにこちらを見た。

どうやって説明しようか。というか、説明しようにも、わたしは本村泉美という人物をなにも知らない。顔も見たことがないし、声を聞いたこともない。お母さんがおばさんを嫌う理由も、泉美という名前を訃報まで一度も聞いたことがなかったのがなぜかも、わからない。ただ、彼女が持つイズミ・リラという側面を、心の底から尊敬して憧れているだけだ。

困っているうちに、テーブルに飲み物が届く。黙り続けていても埒《らち》があかないと思って、わたしはなんとか口を開いた。

「えーっと……、わたしはつい二、三週間前まで、母に姉がいることを知りませんでした。まわりの大人はみんな、伯母の名前すら口にしなかったんです。今まで母の家族は、祖父と、祖母と、伯父《おじ》だけだと思っていました。訃報を聞いてからいろいろ探《さぐ》りを入れたんですけど、わかったことはみんな伯母が嫌いらしいっていうことと、何年も連絡を取り合っていなかったというか、なんだろう、絶縁状態？　っていうことくらいで。遺品整理のためにアパートに行って、伯母がイズミ・リラだとわかって、パソコンを持ち帰りました。伯母の正体に気付いているのはわたしだけで、母はまだなにも知らないはずです。もう気付いているかもしれないけど、メールを送ったのは母じゃなくてわたしです。ごめんなさい」

静かにわたしの説明を聞いていた倉森さんは、小さく頷いてコーヒーにミルクを入れた。

「そうでしたか。じつは僕は、デビュー前のまだ大学生だったイズミさんと一度会ったことがあるんですけど、そのときに少しご家族の話を聞いていたので、まさか絶縁状態にあるとは思っていませんでした。そういえば、デビュー後はご家族のことは一切《いっさい》話題になりませんでしたね」

「……本当は今日、母を連れてきた方がいいと思ったんですけど、母は伯母のことも本のことも好きじゃないみたいなので、連れてきませんでした。なんだか、伯母にとって悪い選択をされそうな気がして。ごめんなさい、わたしじゃ話にならないですよね」

「いえいえ、そんなことはないですよ」

「でも難しい話とか全然できないし」

「まあ、たしかに……大人の方とお話しできると助かりますが。そうだ、イズミさんは独身でお子さんもいらっしゃらなかったと思うんですが、この場合、著作権の継承についてイズミさんの親御さん、つまり結芽さんのおじいさんかおばあさんと連絡を取らせていただけると助かります」

「祖父はもう亡くなっていて、祖母は……」

わたしはおばさんのお葬式でのおばあちゃんを思い出した。何年も会っていなかったにしても、娘の死を悲しんでいるようにはとても見えなかった。それどころか、お母さんを相手に悪態を吐《つ》いているところを目撃している。こっそり話しているつもりみたいだったけど、否定しないお母さんに乗せられたのか、結構な大声であれこれ話していた。

「そ、祖母は……伯母の死からふさぎ込んでしまって、とても話ができる状態じゃないんです」

おばあちゃんに連絡がいくのもまずい。おばあちゃんはきっと、よくわからないからと言ってお母さんに話をする。そうすれば、イズミ・リラの権利関係について決定権を持つのは実質的にはお母さんになる。そんなことになったら、倉森さんとお母さんを会わせないようにした意味がなくなってしまう。

「そうですか……。それもそうですよね」

倉森さんはわたしのでまかせを信じた様子で、困ったように眉《まゆ》を下げた。

「そのあたりはまた、おばあさんの気持ちが落ち着いてからおいおい、で構いませんから。なにより、あのメールはイズミさんの悪い嘘かもと思っていたので、結芽さんにお会いして本当だとわかっただけでも助かります。それにしても、そうか……イズミさん亡くなったのか。もっと一緒に仕事できると思ってたんだけどな。事故とはいえ、さすがにまだ若すぎる……」

「あの……『鍵ユメ』、どうなりますか？」

琴羽ちゃんが尋ねる。わたしもそれを一番聞きたかったから、琴羽ちゃんの度胸を後押しするつもりで身を乗り出した。

「結芽っちから聞いたんです。五巻の原稿はパソコンにあったけど、その巻で『鍵ユメ』は完結していなくて、でももうつづきの原稿はないって」

「つまり、『鍵開け師ユメ』シリーズは未完……ってことですか？」

「未完、ですね」

倉森さんが頷く。

その返事を聞いて、わたしの体中に、途方もない悲しみが広がっていった。落胆で手足の先まで冷たくなっていく。

ユメの冒険が終わらない。

レグランド王国も、魔法女王も救われない。

中途半端なまま、わたしは一生、あの物語の結末を知ることができない。

「わたし『鍵開け師ユメ』が大好きなんです」

考えるより前に、口が勝手に動き出した。だけど、勝手に出てきた言葉はわたしのなかでなによりも確固たる真実だった。そう思ったら、もう止まらなかった。

「小学校のころ、クラスメイトとうまくいかなくて、物語だけがわたしの居場所でした。

『鍵開け師ユメ』に出会ったのは四年生の冬で、主人公と同じ名前だから手に取ったんだけど、読み終わったらそれを運命だと思いました。読んでいるあいだ、わたしは友達がいないいじめられっ子の結芽じゃなくて、国の命運を握る鍵開け師のユメになりました。頼れる仲間がいて、どんどん強くたくましくなって、物語のなかにいるときだけは、すごく楽しかった。何回も、何十回も読みました。もしかしたら百回くらい読んだかも。ユメの旅のつづきを読むために明日も頑張ろうって、ずっと思っていました」

仲間外れになったわたしを見て、聞こえよがしにくすくす笑うクラスメイト。自分の周りにできた、汚いものを避けるような距離感。居場所を探してさまよいながら図書室で見つけた『鍵開け師ユメ』は、わたしの救世主だった。ページをめくるごとに、はらはらして、わくわくして、つらい現実がどこか遠くへ飛んでいくみたいだった。ひとつ文章を読むごとに、わたしの心はレグランド王国の奥深くへと進んでいった。少しでも時間があれば、物語の中に飛び込んだ。あんなに夢中になれるものには、きっともう出会えない。

それだけじゃない。『鍵開け師ユメ』はわたしに琴羽ちゃんという友達をくれた。

「イズミ・リラが自分のおばさんだってわかって、本当に嬉しかった。一度でいいから、会ってみたかったたって思います。だけどそれより、わたしは『鍵開け師ユメ』の結末を知りたかった。仲間と一緒にユメが王国を救うところを見たかった。そうしたらきっとユメはなんの取《と》り柄《え》もない落ちこぼれで出来損《できそこ》ないの女の子じゃなくなるし、そのときには、わたしもちょっとくらい強くなれてるんじゃないかって、ずっとずっと思っていました。だけど、もう『鍵開け師ユメ』は完結しないいんですよね？　わたしはいったいどうすればいいんですか？」

ほとんど一息に吐き出して、わたしは胸の奥の空洞を強く感じた。『鍵開け師ユメ』は完結しない。イズミ・リラの新刊を読めない。こんな悲劇、受け止められない。

「そんなに好きなんですね。『鍵開け師ユメ』が」

倉森さんは静かに言った。わたしは「大好きです」と強く応《こた》えた。

「それなら――自分で物語のつづきを書いてみるのもいいかもしれませんね」

少しおもしろがるような微笑みを浮かべて、倉森さんが言う。予想外の言葉にわたしは顔を上げた。

窓から降り注ぐ夏めいた日差しをあびて、倉森さんのメガネのフレームがきらっと輝く。

「『鍵開け師ユメ』シリーズは、六巻で完結する予定でした。だけど六巻は、イズミさんが亡くなった以上、もう書かれない。五巻の原稿を読まれたようですが、つづきを読ませるための引きが強いので、あそこで終わるのはすっきりしません。だから、そんなに好きで、そんなにつづきを読みたいなら、結芽さんが、ご自身の思う六巻を書いてみるのも、おもしろいかもしれませんよ」

「それ、すごくいいと思う！」

琴羽ちゃんに腕を摑《つか》まれる。

「書いてみなよ。結芽っち作文得意だし、たぶんやれるよ」

「できないって」

わたしは首をぶんぶん横に振りながら言った。

「たしかに作文はちょっと得意だけど、小説なんて書いたことないよ。絶対無理。書けるわけない」

「べつにイズミ・リラ級じゃなくてもいいじゃん。めちゃくちゃ楽しそうだよ。死んだ伯母の遺作のつづきを姪が書くなんて、ドラマみたい」

「たしかにドラマチックですね」

倉森さんはにこにこ笑っている。

「イズミさんはきっと、結芽さんがつづきを書いても怒りませんよ。二次創作が好きで、『鍵開け師ユメ』を題材にしたショートショートも募集していたくらいですから」

「……知ってます。送ろうと思ったので」

ショートショートの募集があったのは、わたしが六年生のころだ。入選すれば『鍵開け師ユメ』のオリジナル図書カードとサイン本をもらえると知って、力作を送ろうとしたけど、納得するものが書けなくて結局応募を見送った。

「僕は人間が物語を生み出すのが大好きなので、書きたそうな人には勧めるようにしていますが、それを抜きにしても、書くことは気持ちの整理になるのでおすすめです」

倉森さんはそう言うと、話題を著作権に戻した。印税や五巻を出すかについて、やはりおばあちゃんと話をする必要があるそうで「頃合いをみてご連絡します」と言った。

「それにしても、イズミさんが亡くなったなんて、信じられないな」

店を出ようと立ち上がりながら、倉森さんが小さく呟《つぶや》いた。わたしや琴羽ちゃんに語りかけるのではなく、心の声がうっかりわたしたちにも聞こえる声量で口から出てしまったみたいだった。

倉森さんが小さくため息を吐く。お母さんより、おばあちゃんより、おじさんより、ずっとその死を悼《いた》んでいるみたいに見える。

「無念だっただろうな」


「結芽っちさ、『鍵ユメ』の六巻が書けたら読ませてね」

帰りの電車で、当然のように琴羽ちゃんが言った。「書かないって」というわたしの返事に納得いかないらしく、小さくブーイングをする。

「書きなよ。去年の読書感想文、学校代表だったじゃん」

「まぐれだよ。それに、読書感想文と小説は全然違うと思う」

「でも、わたしが書くよりなんとかなりそう。なんてったって、イズミ・リラの姪だし」

「関係ないって」

「わかんないよ。いざ書きはじめたら、作家の血がゴゴゴゴって沸《わ》き立って、名作が書けたりしちゃうかも」

「冗談でしょ？」

「半分くらいはね」

電車が琴羽ちゃんの家の最寄り駅に到着する。

「じゃ、頑張ってね！」

電車を降りる琴羽ちゃんに「だから書かないって」と返しながら手を振って別れた。

一人になって、通学リュックからシリーズ第一巻『鍵開け師ユメと旅のはじまり』を取り出す。リュックにはいつも『鍵開け師ユメ』を一冊入れているのだ。小学生のときにお小遣いを貯《た》めて買ったものは読みすぎてボロボロになってしまったから、これは二冊目だ。

表紙には、主人公のユメが描かれている。栗《くり》色の長い髪を三つ編みにして、カーキ色のワンピースにベージュのコートと履《は》き古したブーツ、それからソルムじいさんに作ってもらった弓矢がユメの定番スタイルだ。ユメはまだ鍵開け魔法を一日一回しか使えないから、主な武器は弓矢なのだ。

思わずため息を吐く。

ユメみたいな三つ編みにしたくて髪を伸ばした。弓を持ってみたくてアーチェリー部がある学校に行きたかったけど、わたしの学力では高望みすぎるから諦めた。

わたしは、鍵開け師のユメになりたかった。

いや、過去形じゃない。今も、ユメになりたい。

ユメと出会ったとき、わたしはどこか遠くに消えてしまいたかった。

理由もわからずクラスメイトから仲間外れにされ、学校ではいつもひとりぼっち。だれも知らない場所でひとりというのもさびしいけど、みんなのことを知っているのに自分だけがひとりというのは、堪《こた》えた。自分以外の全員が、仲間と一緒にわたしを遠くから笑っているみたいに思えたし、それはたぶん思い込みではなかっただろう。

消えたい、消えたい。最初から、この世にいなかったことになりたい。だけど、そんな方法はどこにもない。

そういう一番苦しいときに図書室で出会ったユメは、わたしの救世主で、運命で、革命だった。

つらい現実から抜け出して、ずっと、物語のなかにいたかった。

そんなわたしを守ってくれたユメも、イズミ・リラも、人生の恩人だ。この物語がなければ、わたしは生き延びられなかった。

ユメの武器は弓矢。それと、おじいさんから受け継いだ、ただひとりユメにしか使えない伝説の鍵開け魔法の呪文《じゆもん》。

なにもかもをこじ開け、解き放つ、最強の魔法。

ユメは鍵を開け、扉を開け、世界を切り拓《ひら》きながら、旅をして強くなる。

「……閉ざした者よ、立ち返れ」

自分にしか聞こえないくらい小さな声で、鍵開け魔法の呪文を呟く。

「鍵開け師ユメがここに命ずる」

呪文は電車の走行音に紛れて、わたしの体内にしか響かない。

「ルヴニール」

そう唱えた瞬間、ぐわんと世界がゆがみだした。

めまいとはちょっと違う。コーヒーに入れたミルクを混ぜるみたいに、視界がぐにゃんと曲がって、そのまま溶けていく。

なんだこれ。

思わず、手に持った『鍵開け師ユメと旅のはじまり』を抱き寄せた。だけど、その手の感覚が少しずつ薄れていく。

なんだこれ。なんだ、なんだ。ど、どうしよう。

困惑する自分の思考も、だんだん遠ざかる。

そのままわたしは、ゆがむ世界の渦《うず》の真ん中に吸い込まれていった。


「死刑ッ！　死刑ッ！　みーんな死刑ッ！　ユメもヒューゴも首ちょんぱ！」

不気味なほど陽気な歌声が聞こえて目を開ける。

手を伸ばせば届くほどの距離には、錆《さ》びた鉄格子《てつごうし》。その向こうで、揃《そろ》いの制服を着た兵士たちが楽しそうに歌い踊っている。その目はうつろで正気を失っているみたいだ。

「死刑ッ！　死刑ッ！　みーんな死刑ッ！　レグランド人はみんなお馬鹿《ばか》な愚《おろ》か者！」

ど、どういうこと？

周囲を見回すと、わたしは石造りの牢屋のなかにいた。窓と呼ぶには粗末な隙間《すきま》から、低い位置にある太陽を時計塔が背負っているのが見える。たぶん朝日だ。鉄格子の向こう側に古びたランプが置いてあるけど、小さすぎて照明としてはほとんど機能していない。薄暗くて、細かい部分はろくに見えなかった。

「ユメ、鍵開け魔法はまだ使えないのか？」

牢屋の隅から苛立《いらだ》った声が聞こえる。覚えのある台詞《せりふ》だ。牢の暗さに目が慣れると、自分と同じ年頃の男の子の姿がぼんやり見えてきた。

紺色のマント、くすんだ赤銅《しゃくどう》色の髪。座っていても、投げ出した手足から背が高いことが窺《うかが》えた。青色の瞳《ひとみ》が、こちらを見る。

『鍵開け師ユメ』シリーズに出てくる、騎士見習いのヒューゴが実在するなら、こういう姿だろう。

わたしの手が勝手に動いて胸元から懐中時計を取り出した。時刻は六時前をさしている。

「まだ一日経っていないもの。使えないわ」

口から、考えてもいない言葉がするすると出てくる。驚いて両手で口を押さえて、気が付いた。

この状況も、やりとりも、イズミ・リラのパソコンで読んだ『鍵開け師ユメ』五巻のラストシーンとまったく同じだ。

「俺たちの処刑は朝一番だぞ。うかうかしていたら殺されちまう。試すだけ試してみろよ」

うんざりした様子で男の子は言う。この言葉も、作中とまったく同じだ。本当に、彼はヒューゴなんだ。姿かたちも声のトーンも、本を読みながら思い描いたヒューゴそのままだ。

「だめなものはだめよ。わたし、鍵開け魔法はまだ一日一回しか使えないんだもの」

口がまた意思に関係なく動き、ユメの台詞を再現する。かと思ったら今度は視線が動いて、鉄格子の向こうにいる牢屋番をとらえた。牢屋番は二人組で、とり憑《つ》かれたように歌い踊っている。

最初からプログラムされているみたいに、わたしの体がため息を吐く。

「わたしって、ほんとに役立たず」

舌や口が勝手に動いて、ユメの台詞がわたしの口から発せられる。

「唯一《ゆいいつ》の取り柄すら、ほんのちょっとしか使えないなんて」

おじいちゃんなら、こんな牢屋くらい簡単に破れるのに。王国を救うなんて、やっぱりわたしにはできないんだわ。

考えていないことが、頭のなかに自然と浮かび上がる。ユメのモノローグだ。

暗く、狭く、冷たい牢の空気が、さっきよりも重くのしかかってくる。牢屋番の不気味であやしい歌声が、ノイローゼになりそうなくらい繰り返し響いている。わたしの気持ちは操られたみたいに落ち込んでいった。

それこそ、物語のなかのユメみたいに。

「そんなこと言うなよ！」

怒ったようにも焦ったようにも聞こえる声で、ヒューゴが怒鳴《どな》る。わたしには、それにつづく言葉がはっきりとわかった。

予想じゃない。

一度読んだから、全部知っていた。

「信じる心が魔法の基本だろ」

ヒューゴが立ち上がる。「打開策を考えろ。俺も考えるから」そう言って、わたしの――ユメの肩を摑む。

「おまえがおまえを信じないと、なにもはじまらないんだよ」

勝手に頷く首はそのままに、わたしはこっそり自分の手の甲をつねってみた。思い切り力を込めたから、きちんと痛かった。

視線を動かす。

あまりにもリアルな、石造りの牢。

陽気に歌い踊る牢屋番と、想像通りの姿をしたヒューゴ。

胸に生まれた考えを確信に変えるために、わたしは自分を見下ろした。カーキ色のワンピースに、ベージュのコート、履き古して細かい傷がたくさんついた革のブーツ。三つ編みにした長い髪は、わたしのものより明るい栗色だ。

間違いない。

そう思った瞬間、困惑と動揺を高揚《こうよう》が上回った。

わたしは鍵開け師のユメ。

ここは――物語のなかだ。

三体の幽霊兵が風に体をなびかせながら、ユメとイェリルを追いかけてきます。ユメたちがどれだけ走っても、幽霊兵は諦めません。悪夢王の魔法に操られているからでしょうか、疲れというものを知らないようです。

「逃げ切れるかな？」

息を切らせながらユメが尋ねると、イェリルが「難しいね」と返事をよこしました。重そうな薬箱を背負《しょ》っているのに、イェリルはぐんぐん速度を上げます。

しかししばらくすると、走る調子が少し下がりました。

「まずいな、この先は行き止まりだった気がする」

「嘘でしょう!?」

ユメには、国境にあるこの町の地理がわかりません。生まれ育った村と学校がある隣村以外には行ったことがないのです。逃げ道なんて、少しも思いつきません。

「捕《つか》まったら大変よ」

「ほんとだよ。困ったね」

答えて、イェリルが立ち止まりました。慌《あわ》ててユメもそうします。

「もしかして、なにか作戦があるの？」

「そんな大層なものじゃあないよ」

イェリルはニヤリとして振り返りました。

おどろおどろしい姿をした幽霊兵たちが、どんどん迫《せま》ってきます。

（捕まったらどうなるんだろう。ネヴェレリアで奴隷《どれい》にでもされるのかしら……。それともわたしも幽霊になったりして……）

考えているうちに怖くなってきたユメは、イェリルを置いて自分だけ逃げだそうかとも思いました。

だけど、自信たっぷりに堂々と幽霊兵を見据えるイェリルは、とても頼りになりそうに見えます。

「××××!!」

イェリルが大声で叫びました。ユメの知らない言葉です。

「××、×××!!」

続けて、イェリルはさっきとは違う言葉を幽霊兵に投げかけます。すると、幽霊兵はこちらに向かってくるのをやめました。しぶしぶ来た道を引き返し、街角の向こうに姿を消します。

「すごい。イェリルってネヴェレリアの言葉を使えるのね。レグランドの言葉もうまいし、きっと天才なんだわ！　今、なんて言ったの？」

興奮するユメに、イェリルは「ちょっと言いくるめてやったのさ」と不敵な笑《え》みを浮かべました。

「そもそも、言葉を本当に使いこなしているんじゃない。あたしにとって言葉はいつも、その場しのぎの借り物さ」

「だけど本当にすごいわ。きっと、たくさん旅をして身に付けたのね。今だって、イェリルがいなきゃ捕まってたわ。あの幽霊兵たち、きっとイェリルの啖呵《たんか》に怯《ひる》んだのね」

「褒《ほ》めてくれるんならありがたいけどね。根無し草にはこんなもの、道具でしかないんだよ」

イェリルはまた薬箱を背負い直します。頭上にシエラさんが飛んできました。

「よかった、無事だったのね。スタンレーたちと合流したら、急いで町を出ましょう」

うなずいて、ユメは歩き出しました。それからふと、イェリルを振り返ります。

「ねえイェリル、あなたがいたら心強いと思うの。もしよかったら、わたしたちの旅に付いてきてくれない？」

ユメの言葉を聞いて、イェリルはほんのちょっとだけ、嬉しそうに笑いました。

まるでずっと、そう言われるのを待っていたようでした。


第二巻『鍵開け師ユメと国境の薬売り』第八章より

第二章　鍵開けの魔法は

牢《ろう》を囲う石の隙間《すきま》から差し込む日差しの角度が、少しずつ高くなってきた。

ユメとヒューゴの処刑は朝一番。早くここから逃げ出さないと。このままだとわたしは、ユメとして物語の世界で殺されてしまう。そうしたら、元いた世界に戻れるのだろうか。戻れなかったら大変だ。

イズミ・リラが書いた五巻のシーンはとっくに終わってしまった。ここからは、わたしの力でこの状況を切り抜けなくてはいけない。

少し悩んで、わたしはもう一度、今度は自分の意思で懐中時計を取り出した。今は午前七時過ぎ。ユメが鍵開け魔法を使ったのは前日の夕方五時くらいだ。悪夢に操《あやつ》られた衛兵の心を開き、情報を聞き出した。たいした情報は得られなかったのに、どうして一日たった一回しか使えない鍵開け魔法を無駄使いしたんだろうと、イズミ・リラとユメに腹が立ってくる。あと十時間近くものあいだ、ユメは鍵開け魔法を使えない。

そんなに待てない。それより先に、処刑されてしまう。自分たちが捕《つか》まる危険もあるから、別行動しているスタンレーやシエラ、イェリルは助けに来られないだろう。このピンチは、ユメとヒューゴの二人で乗り越えるしかない。

わたしはヒューゴを見た。

ヒューゴは貴族の三男坊で、強力な魔法使いを父に持つ。本人もなかなか優秀で、年齢のわりに難しい魔法をたくさん使える。旅をしながら一緒に困難を乗り越えて、少しずつユメと仲良くなってきたけど、基本的には上から目線でちょっとむかつくエリートだ。四巻の王都へ向かう汽車のあたりから、ユメへの態度が軟化して少しずつやさしくなってきているとは言え、わたしはこういう男の子があまり好きではない。

だけど、この状況をどうにかできるとすれば、ヒューゴだけだ。ユメは鍵開け魔法と弓の扱《あつか》い以外は落ちこぼれで、簡単な魔法すら使えない。

「ねえヒューゴ、時間操作の魔法って使えない？　三巻……じゃなくて、予言の魔女の集落でスタンレーさんが使ってたやつ」

牢屋番に聞かれないように、小さな声で尋ねた。三巻の中盤で、スタンレーが時間操作の魔法を使って、腐《くさ》ったパンを焼きたてに戻したのを思い出したのだ。

「少しなら使えるけど、スタンレーさんみたいな時間の逆行は無理だ。あれは、上級魔法使いでもなかなかうまく使えない」

「そっか……。ってことはもしかして、時間を進めることはできるんじゃない？」

「できるけど、時間を進めたら俺たち殺されるぞ」

「全部の時間を進めるんじゃないの。ユメの体の時間だけ、半日進めて。そうすれば、鍵開け魔法を使えるようになるんじゃないかな。できる？」

「だ……だめだ。杖《つえ》がない」

首を横に振ってヒューゴが答える。死刑ッ！　死刑ッ！　と歌い踊る牢屋番の向こうに、没収されたユメの弓矢とヒューゴの杖が置いてある。

「いつもえらそうなくせに、杖の補助がないと魔法を使えないの？」

「そうじゃなくて、時間魔法だからだ。もし加減に失敗すれば、ユメが百歳になってもおかしくない。そもそも生き物に時間魔法をかけるのは、魔法局の許可がいるんだよ」

「今はみんな正気を失っているから、魔法局なんてきっと機能してないよ。牢屋番だってあの調子だし。それに、わたしが百歳になっても、このままだと処刑は確実だよ。今は賭《か》けにでるときだと思う」

「でも……」

「なに？　もしかして自信がないの？　エリートぶってるくせに。本当はたいしたことないってバレたくないんだ？」

ヒューゴは負けん気が強くてプライドが高いキャラクターだ。こうやって喧嘩《けんか》を売れば、絶対にムキになる。そう思って、わざと強気に言ってみる。

「今までずっといばっていたじゃない。この程度のこともできないわけ？」

「できるよ、できるに決まってるだろ！　くそっ、一回だけだからな！」

案の定、ヒューゴは挑発に乗ってきた。左手の人差し指を立て、わたしの額《ひたい》に指先を当てる。歌い踊る牢屋番たちは、わたしたちの方なんて見向きもしないから、この企《くわだ》てに気付いていない。

ヒューゴが口の中で小さく呪文《じゅもん》を唱《とな》えた。

指先の触れた額から、細波《さざなみ》のように微弱な力が体中を駆け巡《めぐ》る。

「……時間、進んだ？」

確認すると、ヒューゴは少し自信なげに「たぶん」と言った。自分の手を見るかぎり、とりあえず年老いた様子はない。

半日だけ、時間が進んだのだろうか。だけどたった数時間の変化なんて、自分ではわからない。そう思った瞬間、さっきまでは感じなかった空腹でおなかがぐぅっと鳴った。

これは、成功かもしれない。

わたしは鉄格子《てつごうし》に触れた。ひんやりと冷たく、表面が錆《さ》びてざらざらしている。てのひらを見ると、細かい錆《さび》が皮膚《ひふ》に付いていた。すごくリアルで、現実みたいだ。

いや、違う。今のわたしにとっては、牢屋に入れられていることこそが現実なんだ。

ここから出ないと、なにもはじまらない。

「閉ざした者よ、立ち返れ」

鉄格子を右手でぐっと握《にぎ》り、力強く唱える。

声を聞いた牢屋番たちが歌と踊りをぴたりと止めた。「急げユメ！」背後でヒューゴが急《せ》かす。

「貴様、なにやってる！」

「鍵開け師ユメがここに命ずる」

牢屋番がこちらに向かってくる。大声に怯《ひる》んだのは、ほんの一瞬のことだった。


わたしはユメだ。

旅をして強くなった鍵開け師だ。

この世界でなら、なんだってできる。


「ルヴニール!!」

そう言った瞬間、鉄格子にかかった錠前が音を立てて外れた。

即座にヒューゴが牢を抜け出し、牢屋番の隙間を駆け抜けて自分の杖を取り戻す。

「エクレール、轟《とどろ》け」

ヒューゴが杖を振りかざす。薄暗い牢に金色の稲妻《いなずま》が走った。牢屋番たちが縛《しば》り上げられたように体をこわばらせ、その場に倒れる。

「な、なにしたの？」

「電流攻撃だ。しばらく動けない。ほら」

放り投げられた弓矢をキャッチする。はじめて持つ弓矢なのに、吸い付くように手に馴染《なじ》んだ。これがあれば、たいていの敵には立ち向かえそうな気がする。

「逃げるぞ」

わたしとヒューゴは牢獄棟《ろうごくとう》の暗い階段を駆け下りた。階段ではだれともすれ違わなかったけど、出入口はネヴェレリアの幽霊兵に見張られていた。柱の陰にかくれて息をひそめる。

悪夢王の強力な魔法で操られた幽霊兵には、ヒューゴの魔法では太刀《たち》打ちできない。

「……わたしがやる」

小さく宣言して、弓矢を構えた。

一本一本、丁寧《ていねい》に作られた矢の先端には、イェリルが調合した魔法破《やぶ》りの薬が仕込んである。

気配を消して、音を立てないように気を付けながら、標的に向けて狙《ねら》いを定める。体はわたしのものとは思えないほどなめらかに、一連の動作をこなした。やっぱり今、わたしはわたしであって、わたしでないのだ。

あたれ。

念じながら矢を放つ。

矢はかすかに風を切る音を鳴らしながら飛び、まっすぐに幽霊兵を貫通した。魔法破りの薬が紫色の粉塵《ふんじん》をまき散らし、幽霊兵の断末魔《だんまつま》の声とともに消えていく。

「だれだ！」

やった、と思った直後、外で見張りをしていたらしいほかの衛兵たちがこちらにやって来る。目の焦点が合っていない。悪夢の影響で正気を失っているんだ。

「脱走者だ！」

「まずい、他にもいたんだ」

慌《あわ》てるヒューゴに、わたしも怖くなって弓矢をぐっと握った。騒ぎを聞きつけ、階上からも衛兵や牢屋番が下りてくる。逃げ場がない。八方塞《はっぽうふさ》がりだ。

そのとき、銀色の光のかたまりが弾丸のように衛兵を襲った。次々に乱れ飛んでくる光を受けて、たちまち衛兵たちが倒れていく。

「スタンレーさんが近くにいるんだ！」

わたしの声とヒューゴの声が重なった。わたしたちは顔を見合わせた。

「このまま突っ切るぞ。急いで合流しよう」

ヒューゴがわたしの手を摑《つか》んで走り出す。

牢獄棟を出ると、さわやかな朝の空からまぶしい太陽の光がさんさんと降り注いだ。青空をこんなにありがたく思ったことはない。

よかった、あとはスタンレーたちと合流するだけだ。

鈴を転がすようなシエラの声が頭上から響く。背中の羽が、青い空を透《す》かして、きらきら輝いていた。

「無事だったのね」

「スタンレーたちのところまで案内するわ。すぐそこよ、急いで！」

シエラの案内で走る速度を上げる。衛兵と牢屋番が次々追いかけてくる。

わたしは運動が苦手で足が遅いはずなのに、信じられないスピードでぐんぐん走ることができた。重いブーツが石畳《いしだたみ》を勢いよく蹴《け》り上げる。耳の横で風が流れる音がする。男の子とほとんど変わらないスピードで、知らない街を走っている。

狭《せま》い路地を縫《ぬ》うように駆け抜けると、先の角からスタンレーとイェリルが現れた。

「ユメ！」

漆黒《しっこく》の髪と紫色のマントをなびかせて、イェリルがこちらに手を振る。わたしはそれに応《こた》えた。ヒューゴが背後を振り返る。

「よし、振り切ったぞ！」

つられてわたしも走ったまま振り返る。背後には迷路のような石畳の街があるだけで、追手の姿はない。

やった、ピンチ脱出だ。嬉《うれ》しくなって前を向いた瞬間、世界がぐわんとゆがみだした。石畳が捻《ね》じれ曲がって渦《うず》を巻き、路地に迫《せま》る建物がぐにゃりと溶けていく。その中心にいるスタンレーとイェリルが、小さく遠ざかっていく。隣にいるヒューゴが、頭上を飛ぶシエラが、渦を巻く世界に飲み込まれていく。

わたしの体もその渦に吸い込まれて、あっという間に意識が途絶《とだ》えた。


ゴツン！　と後頭部に衝撃が走って目を覚まし、わたしは自分が眠っていたことに気付いた。窓に勢いよく打ち付けてじんじんする後頭部をさすりながら周囲を見回すと、そこはレグランド王国ではなくて、乗り慣れた電車の車内だった。

「……ゆ、夢？」

思わず呟《つぶや》いたことを、意識の底が違うと否定する。

夢だった。そうとしか思えないけど、いつも見る夢とは全然違った。

膝の上の『鍵開け師ユメと旅のはじまり』を開いてみる。

わたしはさっきまで、この物語の世界にいた。夢だったとは思えない。目が覚めた今だって、鉄格子の手触りも、弓矢を引いた手応《てごた》えも、石畳を蹴って全力疾走《しっそう》するすがしさも、全部はっきり覚えている。

イズミ・リラが書いた『鍵開け師ユメ』シリーズ五巻の、物語のつづき。わたしはその中にいた。絶対にそうだ。だれが否定したとしても、わたしは自分が体験したことを否定できない。

あれは、現実だった。

電車内にアナウンスが響く。次はうちの最寄《もよ》り駅だ。わたしは本をリュックにしまい、電車を降りた。さっきまで石造りの牢に閉じ込められていたせいか、現代的でぴかぴかな駅のホームが非現実的に思えた。

それに——、

書きたい。


わたしが物語のなかで体験した五巻のつづき。あれをそっくりそのまま書けば、この世にはない『鍵開け師ユメ』シリーズ六巻の冒頭になる。いける。絶対書ける。おもしろくなる。

急いで駅の階段を駆け下りる。

物語のつづきを、書かなくちゃ。

自然と口角が上がる。胸が高鳴る。

ユメだったときより走るのがずっと遅いのに、魔法も弓矢も持たないただのありふれた中学生なのに、わたしは今、ものすごく無敵な気分だった。

心臓が、ばくばく弾《はず》んでいる。さっきヒューゴと牢獄を脱出した高揚《こうよう》が、まだつづいている。忘れないうちに、早く家に帰りたい。

帰り道を走り抜けながら、小学五年生のころ、イズミ・リラに出したファンレターを思い出した。

　この物語に救われました。ユメの旅のことを考えていれば、学校でひとりぼっちでも大丈夫。こんなに好きな本はないんです。この物語を読んで、自分の名前がもっと好きになりました。わたしもユメみたいに、強くなれるかなって、よく考えます。中学生になっても、高校生になっても、大人になっても読み続けます。

　物語のつづきを、ずっとずっと、楽しみに待っています。

そうやって想いがあふれるままに書いて投函《とうかん》して、あとになってからあまりにとりとめのない内容が恥ずかしくなった。

だけど、あの手紙に書いたことは、わたしのなかでなによりも大切で、ほんとうのことだった。

『鍵開け師ユメ』シリーズと出会った四年生の終わり、十四歳のユメはすごく大人に思えた。十四歳なら、冒険くらい簡単だろう。そう思った。

でも、十四歳になった今、ユメがどれだけ勇気を出して村を出発したのか、よくわかる。わたしだったらきっと怖気《おじけ》づいて、旅になんて出られない。ユメの強さを、あのときよりも尊《とうと》いと思う。ユメは報《むく》われるべきだ。

玄関の鍵を開ける。ドアを開ける。ローファーを脱ぎ捨て廊下を抜け、部屋に駆け込む。

学習机の上に、イズミ・リラのノートパソコンがある。

物語のつづきが、書かれるのを待っている。

パソコンを開いて電源ボタンを押すと、ブウンと静かな振動が指先に伝わった。

目を閉じて、ついさっき夢のなかで体験した脱出劇を思い出す。

石造りの牢は冷たくて、ちょっとジメジメしていた。鉄格子は錆びてざらついていた。石畳はでこぼこしていて、舗装《ほそう》されたアスファルトや学校のグラウンドよりもずっと歩きにくい。走ればなおさらだ。弓矢を構えると、胸がしんと静かになる。

いける、書ける。

目を開けると、ＰＩＮの入力画面が表示されていた。『リラの冒険』の主人公リラの誕生日を入力して、エンターを押す。

ようこそ

画面が切り替わって、見慣れた四文字の言葉が浮かび上がった。

ただそれだけのことなのに、会ったこともないイズミ・リラに微笑《ほほえ》みかけられたような気持ちになった。

◆

「琴羽ちゃん、ＬＩＮＥで送った五巻の原稿読んだ？」

月曜の朝、学校の昇降口で会った琴羽ちゃんに尋ねると「瞬殺で読んだ。今三周目」と得意気な言葉が返ってきた。

「じゃ、じゃあさ。これも……読んでみて」

リュックから原稿の入ったクリアファイルを取り出して、なるべく目立たないように差し出す。琴羽ちゃんはそれを受け取り中身を見ると、ぎらっと目を輝かせた。

「六巻？」

「冒頭だけね」

「うわあ、読む！　すぐ読む！」

さっそくクリアファイルの中身を出そうとする琴羽ちゃんを、慌てて止める。

「やめてやめて、こっそり読んで。だれにも見つからないようにして！」

「なんで？」

「はずかしいから……」

「……なんで？」

「そりゃはずかしいでしょ、自分が書いた小説なんて。絶対下手くそだもん」

ふぅん、と頷《うなず》いた琴羽ちゃんはクリアファイルをリュックにしまった。

「秘密文書ってわけ？」

「うん。国家機密レベルで扱って」

「レグランド王国の国家機密ね。オッケー、こっそり読む」

「授業中に読んで先生に没収されたりしたら、絶交だから」

「わかってるって。じゃ、放課後にね」

そうして琴羽ちゃんと別れ、放課後に文芸部の部室で再会するまで、わたしは一日中上《うわ》の空だった。週末はずっと六巻の冒頭を書いていたから、疲れすぎて脳がぜんぜん働かない。

ホームルームのお知らせも授業の内容も、まったく頭に入らない。Ａ４の用紙にたった三枚ちょっと書くだけでこんなに大変だとは思わなかった。一冊書くとなったら、干《ひ》からびてしまうかもしれない。

省エネモードというより電源オフ状態の一日を過ごし、部室の隅の机に突《つ》っ伏《ぷ》して昼寝をしていると、すぐ目の前の椅子《いす》にガタンと音を立てて琴羽ちゃんが座り、目が覚めた。

「結芽っち、天才なんじゃないの？」

琴羽ちゃんは朝よりも目をぎらぎらさせながら、寝ぼけ眼《まなこ》のわたしの肩を揺さぶる。

「最高だった。めちゃくちゃおもしろかった。なんていうか、わたしはこれを求めてたって感じ。わたしね、三巻でスタンレーさんが時間操作の魔法を使ったのって、なんかの伏線《ふくせん》じゃないかなって思ってたの。だって、あそこでパンを焼きたてに戻す必要、まったくないもん。そこを回収してくれて嬉しい。ありがとう！」

「こ、琴羽ちゃん、脳みそばらばらになりそうだから揺さぶらないで……」

ごめんごめん、と琴羽ちゃんはわたしの肩から手を離した。ちらっと窓辺の席を見ると、部のオタクチームが不思議そうな顔でわたしたちを見ている。

わたしは声が聞こえないように少し廊下側を向いて背を縮めた。琴羽ちゃんもわたしの意図を察したのか、同じようにする。

「このつづきも書くんでしょ？」

琴羽ちゃんの目は期待で輝いている。

「どうかな……」

小さな声でわたしは答える。六巻の冒頭を書けたのは、物語のなかに入ることができたからだ。これから先も同じことができるならいいけど、どうして物語に入れたのかわからない。完全な創作としてつづきを書けるかは微妙だ。かといって物語のなかに入らないと書けないと話しても、わたしの身に起きたことは理解してもらえないだろう。

「ねえ、書いてよ」

そう言って、琴羽ちゃんは一冊のノートを取り出した。

「わたし、週末に五巻を読んでから、一巻から四巻も細かく読み返したんだ。それでね、伏線ぽいシーンとか台詞《せりふ》とかを書き出してみたの。まだ途中だけど結構あるよ、ほら」

琴羽ちゃんがノートを開く。ルーズリーフに、琴羽ちゃんが拾った伏線とその理由が詳細に書かれている。

「すごいね琴羽ちゃん」

「まあね。考察って好きなんだ」

ルーズリーフを捲《めく》る。リストアップされた伏線は、わたしが気付いているものもあれば、まさかそうとは思わなかったものまでさまざまだ。十五歳の少女であるイェリルが一人旅をしている理由、ヒューゴのお父さんは今どうしているのか、予言の魔女の善人と悪人についての問答。それ以外にも気にせず読んでいたところがたくさんある。回収された伏線のリストもあって、イズミ・リラの物語作りのパターンがぼんやりと見えてくる。

「琴羽ちゃん、聞きにくいんだけど、学校の宿題ちゃんとやった？」

「やったよ。適当すぎてさっきまで職員室で怒られてたけどね」

にっこり笑う琴羽ちゃんには、先生のお説教なんて微塵《みじん》も響いていないようだ。

「ねえ結芽っち、つづき書こうよ。協力する」

琴羽ちゃんがぐっと身を乗り出す。

「伏線回収とか、展開とかを考えるのはわたしも一緒にやりたい。漫画はさ、ストーリーと作画が別の人で、チームで作ってることも多いでしょ？　あんな感じで、ふたりで『鍵開け師ユメ』を完結させようよ」

無理だよ、と言いかけて、琴羽ちゃんのノートを見る。

ひとりで書くのは無理そうだ。だけど、琴羽ちゃんをブレーンにすれば、もしかしたら、書けちゃうのかもしれない。

「ふたりなら……書ける、かも？」

「書けるよ！」

琴羽ちゃんが大きく頷いた。

「それに、終わらせなくっちゃ、わたしも結芽っちも納得できないよ。『鍵ユメ』と出会った十歳のわたしたちのために、結末を用意してあげようよ」

その言葉でわたしは、『鍵開け師ユメと旅のはじまり』を手に取った瞬間のことを思い出した。ゆるく暖房の効《き》いた図書室で、わたしは希望の光と出会った。その日から、ユメとの旅がはじまった。友達がいなくてひとりぼっちのわたしに、だれにも脅《おびや》かされない居場所ができた。

喘息《ぜんそく》の治療で長いあいだ入退院を繰《く》り返していたという琴羽ちゃんは、お母さんが手あたり次第に買ってきた本の中から『鍵開け師ユメ』シリーズを見つけたらしい。いつ発作が起こるかわからず、どこへも行けなかった琴羽ちゃんは「ユメと一緒なら旅ができた」と、以前ぽつりと言っていた。

ひとりぼっちだったあの日のわたしに、どこへも行けなかったあの日の琴羽ちゃんに、『鍵開け師ユメ』は作者死亡で未完だなんて、絶対に言えない。

「そうだよね」

わたしの両手に力が籠《こも》る。やる気が体のなかを駆け巡って、大きなエネルギーになる感覚がした。

「書かなくちゃ、わたしたちが」

琴羽ちゃんがわたしの手を取る。「できるよ」そう言われて、無敵の気分だ。

ひとりだったら、書けない。

だけど『鍵開け師ユメ』がめぐり合わせたわたしたちなら、きっと書ける。

ノートパソコンの画面を睨《にら》み続けていたら、節電モードに入ってしまった。慌ててマウスを動かして、画面をもう一度明るくする。

万能感と言ってもいいくらい、やる気に満ち満ちた状態でノートパソコンに向かったのに、言葉も物語もこれっぽっちも出てこなくて、キーボードを叩《たた》くスピードは亀の歩みより遅い。なんとか文章を絞《しぼ》り出して、打っては丸ごと消して、また別の文章を絞り出す。ちょっといいかも、と思っても、次の日には退屈な内容に思えて全部消す。それを繰り返しているうちに、もう金曜日だ。

きっと書ける。そう思ったのは錯覚だったのだろうか。

月曜日に感じた白信は、どこかへ消えてしまったらしい。

お風呂に入っているあいだも、次の展開をあれこれ考えた。シャンプーの最中は一日の中でもひらめきやすい気がするけど、泡を流し終えるころにはほとんど忘れてしまう。お風呂から出るときには残りもみんな忘れてしまっている。覚えていたとしても、そのひらめきの鮮度を保ったまま表現することができない。小説を書くって大変だ。イズミ・リラってやっぱりすごい。

髪を乾かして脱衣所を出ると、廊下をはさんだ向かいの寝室からお母さんの話し声が聞こえた。電話をしている。ドアがちょっと開いていることには気付いていないみたいだ。ドアを閉めてあげようと、寝室に近付く。ドアノブに手が触れたとき、お母さんのうんざりしたため息が聞こえて、反射的に体が止まった。

「――いい歳《とし》して、定職にすら就《つ》いていなかったんだから。ドラッグストアのパートよ、それもたったの週四日。主婦ならともかく、独身でありえないでしょ」

おばさんの話だ。

ドアを閉めるのをやめてそっと聞き耳を立てる。お母さんの口調にまったく遠慮がないから、電話の相手はたぶんおじさんだ。

「姉さんってほんと、昔から……なんて言うの、社会不適合者？　どうも、ずっと心療内科にかかっていたみたいだし。薬をね、いろいろ処方されていたみたいなのよ。パート先でも浮いていたに決まってる。さびしくて、みじめな生活だったんでしょ、きっと。老後なんてまともに暮らせなかっただろうから、歳を取る前に死ねて、ある意味運がよかったんじゃないの？」

とんでもない発言だ。ＳＮＳだったら一発で大炎上してる。わたしは嫌な気分になりつつも、盗み聞きをやめられない。

「部屋だってね、とんでもなかったんだから。本だらけよ、小説とか漫画とか。結芽がいろいろもらってきたけど、それ以外は全部まとめて処分。とりあえず、段ボールに詰《つ》めて買取を頼んだけど、買うのにかかったお金の数パーセントにもならなかったんじゃないの、あれ。身の丈にあわない無駄遣いよ。ちゃんとした生活をしているならまだ文化的かもしれないけど、料理をしてる痕跡《こんせき》なんてまるでなかったんだから。冷蔵庫の中身は傷《いた》んでるし、調味料はほとんど賞味期限が切れてるし。昔となにも変わらないのよ」

お母さんはおばさんが本当に嫌いなんだ。死んだ人のことをここまで悪く言えるなんて逆にすごい。それに、お母さんのヒートアップ具合からして、おじさんもまったく止めに入っていないし、むしろ同調しているのだろう。じつのお姉さんをここまで嫌えるなんて、一体なにがあったんだろう。

「ああいう生きにくいタイプがいるっていうのは、結芽を育ててきて理解したつもりだけど、姉さんはちょっと論外よ」

思わず耳を疑う。仮にわたしが生きにくいタイプだとしたら、お母さんはそのサポートをまったくしていない。理解者ぶるなんて図々しい。

なんだか、お母さんの裏の顔を見てしまった気分だ。これ以上聞いても腹が立つだけだと思ってその場を離れる。

この様子だとおばさんの正体がイズミ・リラであることや、わたしが『鍵開け師ユメ』のつづきを書いていることは、やっぱりお母さんには知られたらまずそうだ。倉森さんに会ったことを話さないといけないし、物語の展開について大人の意見を聞きたいけど、もう少し黙っておいたほうがいい。

どうしようか。少し考えて、ひらめいた。スマホを手に取りＬＩＮＥを開く。

お父さんなら、力になってくれるかもしれない。


「おばさんが小説家で、しかも結芽は彼女の作品の大ファンだなんて、ドラマだなあ」

チーズケーキをフォークで切り分けながら、お父さんは言った。

「わたしが小説書いてること、絶対だれにも言わないでよ？　お母さんにもだよ？」

わたしの言葉にお父さんは、「わかってるわかってる」と本当にわかっているのか微妙な返事をよこした。

「わたし、お母さんにお姉さんがいたなんて知らなかった。お父さんは知ってた？」

「チラッと聞いたことはあったよ。だけどみんな話したがらないから、亡くなったか勘当されたのかと思ってたよ」

「やっぱり？　勘当されてたかはわからないけど、絶縁状態だったのは間違いなさそうだよね。わたしが今までおばさんのことを知らなかったあたり、存在を消してやろうっていう意思を感じる」

きっとおばさんは、なにかのきっかけでおばあちゃん、あるいは亡くなったおじいちゃんとの関係が悪くなって、家を出て行ったのだ。それなら、わたしが泉美という名前すら聞いたことがなかったことに説明がつく。

「そうだ、出版社の人が、権利のこととかで大人と話をしたいんだって。それ、お父さんじゃだめかな」

「だめだろうなあ」

お父さんはそう言うとチーズケーキを食べながら「お母さんとおばあちゃんに話した方がいいよ」と付け加えた。

「……だよね」

「出版社の人は著作権継承の相談をしたいんだと思うよ。著作権には、家族の中でも優先順位があるんだ。離婚したお父さんが出て行っても、相手は困るだけだろうからなあ」

お母さんとお父さんが離婚したのは、わたしが小学校に入る前のことだ。きっかけは、わたしの小学校受験。環境のいい私立小学校に進学させたいお母さんと、幼いうちから受験をさせることに反対したお父さんは、真《ま》っ向《こう》から対立した。まだ小さかったから細かい部分は忘れてしまったけど、毎日板挟《いたばさ》みで息苦しかったことはよく覚えている。結局、わたしはストレスで受験シーズンに繰り返し原因不明の高熱を出し、ほとんどの試験を断念。近所の公立校に進んだ。それが決定打になったらしく、ふたりは気付いたら離婚していた。

離婚協議で、わたしとお父さんは半年に一回しか会えない約束になっている。だけど、中学に入った直後にこっそり連絡先を聞いてからは、ときどきこうしてお茶をしている。お母さんには「琴羽ちゃんと遊んでくる」と誤魔化《ごまか》しているけど、口裏合わせをしていることもあって、今のところはあやしまれていない。大きな広告代理店でマーケティングをしているお父さんは流行に敏感でセンスがいいから、よく素敵なお店に連れて行ってくれて、いい気分転換になる。

「それにしても、おばさんの遺作のつづきを書くなんて、おもしろいじゃないか。友達と一緒に考えるのもいいね。心強そうだ」

「でも、書くのってすごく大変なんだ。この先の展開のイメージはぼんやりあるんだけど、そのシーンまでの道のりが全然思いつかなくて、書き進められないの。しっくりくる文章も出てこない。こういうのって、やっぱり才能がないとだめなのかな」

「才能っていうのは、本当に最後の最後のひと押しでしかないよ。ある程度のところまでなら、努力や分析で追いつけるし、圧倒的な才能がなくても頑張ってる人はたくさんいる」

そう言って、お父さんはコーヒーを一口飲んだ。

「努力とか分析ができるのも、才能のうちじゃない？」

「そう思うだろ？　だけど努力や分析は、ルールや方向性をしっかり理解していれば、そこまで難しいことじゃない。物語の場合、展開を作るテクニックとでも言おうかな」

フルーツタルトを食べながら、どういうこと？　と視線で尋ねる。

「お父さんが大学生のころ、映画サークルで脚本を書いてたって、話したことあった？」

「百回くらいある。短編映画がミニシアターで上映されたんでしょ」

「そのときに、先輩から教えてもらったんだ。物語には作り方があるって」

お父さんが「こっちもおいしいぞ」とチーズケーキを切り分けてわたしのお皿に載せる。

「そんなに食べられないよ」と言うと「まだいけるだろ」とにこにこ笑った。

「たとえば、『桃太郎《ももたろう》』で考えてみよう。普通のストーリーだと地味だから、桃太郎はじつは鬼の一族の子どもだった、っていう追加の設定付きで」

「鬼の子どもだけど人間のおじいさんとおばあさんに育てられて、鬼退治に行くってこと？」

「そうそう。その『桃太郎』だと、主人公桃太郎が自分のルーツを知る展開が必要になってくるだろ？」

「超クライマックスだよね」

「それも悪くないけど、この情報はクライマックスよりも物語の折り返しに持ってきた方がいい」

お父さんはバッグから手帳とボールペンを取り出した。メモのページに横線を引き、その中央に分岐点の印を付ける。

「物語の真ん中で、桃太郎は自分の正体を知る。すると、その前と後で物語のトーンが変わるんだ。前半では、桃太郎が仲間を増やして鬼退治へのやる気を高める。後半は桃太郎が葛《かっ》藤《とう》して、自分を受け入れて、それでもおじいさんとおばあさんのために鬼退治をしようと決意する……みたいな展開ができる」

「ほんとだ」

「こんな感じで、最後に桃太郎の正体を明かすより、桃太郎が事前に鬼との関係や自分のルーツで悩んでいる方が、最終決戦がドラマチックになるだろ？　衝撃の秘密は、真ん中で明かすんだ。それから、いいニュースと悪いニュースを用意して、交互に出すのも、ハラハラしておすすめだって聞いたな。結芽が好きな本だって、主人公がずっと順調に旅をするわけじゃなくて、必ず途中にトラブルがあるだろ？」

たしかにそうだ。ユメの旅には敵国ネヴェレリアの邪魔が入ったり、悪夢の影響を受けた衛兵にあやしまれたりと、何度もピンチが巡ってきた。

「ずっとどん底で、どんどん追い詰められるっていうのはどうなんだろう」

「それもアリだけど、お父さんなら物語の折り返し以降にするかな。『桃太郎』に話を戻すと、最初から仲間同士が険悪な場合よりも、協力しあっていた仲間たちが桃太郎の正体を知ったことで次々に離れていったほうが、読んでいる方はどうしようって引き込まれるんじゃないか？」

「そうかも。それに、鬼との最終決戦で仲間が助けに戻ってきたら、感動しそう」

「わかってきたじゃないか。まさにいいニュースと悪いニュースの使い方の例だよ」

なるほど、このテンプレートは使えるかもしれない。これを意識してもう一度『鍵開け師ユメ』を読み返したら、もっと理解が深まりそうだ。

「結芽、小説が書けたらお父さんにも読ませてくれよ？」

「え？　絶対やだ」

即答すると、お父さんは「嫌かぁ」と大袈裟《おおげさ》に肩を落とした。

「お父さんだって、さんざん自慢するけど、大学生のころの短編映画を見せてくれたことないじゃん」

「あれはちょっと内容が大人っぽいんだよ」

「結局はずかしいんでしょ？　わたしだって、自分が書いたものをお父さんに読まれるなんてはずかしいよ。そもそもお父さん、これまでの物語を知らないんだし」

「『鍵開け師ユメ』シリーズだっけ？　予習しておくよ」

「それでもやだ。絶対やだ」

わたしは首をぶんぶん横に振った。笑いながら、お父さんはメニュー表を開く。

「ケーキ、もう一個食べるか？」

「いいよ。太っちゃう」

「頭を使ってるときは糖分が必須だぞ？」

「そうかなあ」

「ケーキ以外にシャーベットもあるって。期間限定シトラスヨーグルト味」

「……食べる」

前のめりになって答えたわたしを見て、お父さんは楽しそうに笑いながら店員さんを呼んだ。


月曜日の部活で、お父さんから聞いた物語を作るコツを説明すると、琴羽ちゃんは伏線リストを開いた。リストには分析メモを書いた付箋《ふせん》が追加されている。

「それなら、伏線を分類すると考えやすいかもね。回収したら状況がよくなりそうなもの、悪くなりそうなもの、どっちに転んでもおかしくないもの、って感じで」

「たしかに。あとね、たくさん情報を出すとごちゃごちゃしそうだから、回収する伏線は厳選した方がいいと思うんだ」

「全部回収していたらあと一冊で完結しないし、イズミ・リラだってこれを全部伏線と思っているとは限らないもんね。ドラマチックになりそうなものだけピックアップしよう」

二人で伏線リストをのぞきこんで、ああでもない、こうでもない、と意見を出し合っていく。

わたしと琴羽ちゃんの共通の認識は、『鍵開け師ユメ』シリーズはハッピーエンドを迎えるということだ。シリーズ開始以前のイズミ・リラの作品も全部読んでいるけど、どれも主人公が成長したり、気付きを得たりと、前向きに気持ちよく物語が終わっている。これはたぶんイズミ・リラの物語づくりのパターンのひとつだし、読者のわたしたちも王国や魔法女王を救えずにすごすご村に帰るユメの姿なんて見たくない。

「とりあえず、最後はしっかりハッピーにしないとね。ってことは、中盤以降は雲行きがあやしい伏線をどんどん回収して、ユメを追い詰めた方がラストが活《い》きるんじゃないかな」

琴羽ちゃんの案に「言えてる」とわたしは頷いた。

「それとね、わたしは仲間のなかに裏切り者がいると思うんだけど……」

「結芽っちもそう思う?」

ずい、と琴羽ちゃんが身を乗り出して言葉をつづける。

「ユメたちの動き、ネヴェレリアにバレてるよね」

「そうなの。四巻で汽車に乗ってるときもタイミング悪く幽霊兵に襲われてるし、五巻で王都の検問をくぐるときも、衛兵がユメとヒューゴのことだけをあやしんで、細かくチェックしてるんだよ」

「三巻でもそうだよ。予言の魔女の集落はほとんど人の出入りがないっていう設定なのに、悪夢に操られた衛兵がわざわざ様子を見に来てる」

たしかにそうだ。思い返してみるとあやしい場面がたくさん出てくる。

「じゃあさ、この裏切り者がだれか明らかになるところを、物語の折り返しの悪いニュースにするのはどう？」

「裏切り者、琴羽ちゃんはだれだと思う？」

わたしが尋ねると、琴羽ちゃんは腕を組んで唸《うな》った。

「シエラさんかイェリルだね」

「どうして？」

「スタンレーさんとヒューゴは騎士団員だから、二人が裏切り者だと残り一冊で物語が終わらないと思う。あと、シエラさんはスタンレーさんにお金で雇《やと》われてるって、二巻で言ってたよね。ネヴェレリアがそれよりも大金を用意したら、スタンレーさんから乗り換えてもおかしくない。国境を持たない妖精《ようせい》族は、魔法族と比べてレグランド王国に愛着がないだろうから。一方で、イェリルは途中で仲間に加わってる。最初からスパイ目的だったかもしれない。異国民のイェリルも、レグランド王国のために戦う理由がないし」

さすがは琴羽ちゃん、読み込みが深くて頼りになる。

「言えてる……」

「わたし、シエラさんとイェリルを疑う視点で、もう一回読み返してみるよ」

「わかった。ありがとう」

ずっと仲間だと思っていた存在に裏切られ、自分たちが危険にさらされていたと知ったら、ユメはきっと落ち込むだろう。思い悩み苦しむユメの姿が、目に浮かぶようだ。かなり具体的に想像できる。

なによりわたしには琴羽ちゃんというブレーンがいる。琴羽ちゃんと話すと、思考や情報が整理されて、頭がすっきりしていく。

「なんか……書けそう」

思わず呟いた一言は、窓辺の席からどっと響いた笑い声に掻《か》き消された。びっくりして、ほかの部員が作った大きな机の島を見る。

さっきから琴羽ちゃんと話すのに夢中で気付かなかったけど、ほかの部員たちは持ち込み禁止になっている漫画のページをみんなでめくっていた。どうやら、話題の作品のコミックス最新刊が発売されたばかりらしい。

「花影《はなかげ》めっちゃかっこいいじゃん」

「加筆えぐいね」

「みんな本誌読んでる？」

「わたしまだ読んでない、ネタバレしないで！」

「本誌が出てる以上感想は読者の権利ですぅー」

「えー、やめてー！」

早口の、楽しそうな会話が部室を隙間なく埋《う》め尽くす。そのせいで、わたしたちの居場所が削《けず》られていると思うくらいに。

「……ああいうのがいるから、文芸部はオタクと腐女子《ふじょし》の集まりだって思われるんだよ」

ボソッと、琴羽ちゃんが言った。しかめっ面《つら》で身を乗り出す。

「わたし先週、バスケ部の大木《おおき》に声かけられて、ちょっと話したんだけどね」

バスケ部の大木くんというのは、背が高くて人気のある男の子で、琴羽ちゃんと同じクラスだ。たしか、うちのクラスのとびきりかわいい一宮《いちのみや》さんが気になっている男の子でもある。こっちは空気みたいに扱われているけど、華やかな子たちは声まで華やかだから自然と情報が耳に入ってくるのだ。

「移動教室のときに、あとで一緒に弁当食べようって誘われて。根掘《ねほ》り葉掘《はほ》り聞いてくるから、話の流れで文芸部だって言ったんだけど、途端にシラーっと冷めた面しちゃってさ。一緒にお弁当食べるのもさりげなくなかったことにされて、それから一度も話しかけてこない」

「なにそれ最低」

「ね。ああいう体育会系のやつは、文芸部ってだけでみんなオタクだと思い込むし、オタクには最低限の敬意すら持てないんだよ。そういう男なんて願い下げ。べつにわたし、オタクじゃないけど」

ほかの部員の話し声は大きくて、すぐそこの琴羽ちゃんの話よりも、彼女たちの雑談の方がよく聞こえる。主役級の花影がかっこよくて、彼は三日月《みかづき》というキャラクターと一緒にいるとより一層輝くらしい。pixivに投稿されている二次創作漫画の解釈が天才的だと、みんな口々に言い合っている。それから、アニメの二期の制作が発表されたようだ。わたしも琴羽ちゃんもそれなりに漫画が好きだけど、普通に読んで楽しむだけだし、校則を破ってまで学校に持ち込んだりはしない。

一年生のころは、もうちょっと楽しかった。

明るく社交的な琴羽ちゃんが同じクラスだから、仲良しの子だってそれなりにいた。だけど、琴羽ちゃんとクラスが別れたら、同じクラスになった子たちはあっという間に他人になってしまった。わたしは、琴羽ちゃんの友達だからみんなと仲良くさせてもらえていただけらしい。わたし単体では、友達でいるメリットがないのだ。

文芸部だって、前から漫研みたいな雰囲気だったとはいえ、厳しい先輩がいたからこんなに騒がしくなかったし、漫画の持ち込みだってできなかった。我が物顔での大騒ぎも漫画の持ち込みもルール違反なのだから注意したっていいんだろうけど、上級生や多数派相手に強く出るなんて、そんな勇気はない。

「あ、やばっ。そろそろ下校じゃん。今日の日誌担当だれだっけ？」

副部長が時計を見る。「本村さんだよ」部長が日誌を開いて確認する。

「本村さーん、日誌よろしく」

声をかけられて、わたしは「わかりました」と小さく返事をした。ほかの部員たちは持ち込み禁止の漫画をリュックのなかに厳重にしまいこみ、アニメイトに寄って帰ろうと誘いあいながら風のように部室を出て行った。

「やっと静かになった」

小さな声で琴羽ちゃんは言う。

文芸部には、ああいう自分たちが世界の中心みたいに振舞う人は、あまりいないと思っていた。部員は多かれ少なかれ、クラスの中心にいるキラキラした子たちに気後れするような人たちで、安心できる居場所を求めて集まっているはずだ。だけど、自分が居場所の主権を握ると、今まで苦手としていた人のようになってしまうらしい。わたしも多数派になればあいう態度を取るのだろうか。

日誌を開く。前回の担当は前に一度エンデの『モモ』をおすすめしていた、同じクラスの雪野さんだ。

きれいな文字で一日の活動が記された日誌のおすすめコーナーには、人気漫画家の最新短編が紹介されていた。

『鍵開け師ユメ』シリーズは、一冊二時間ほどで読破できる。それなのに、二時間では執筆はたいして進まない。

物語の中で一緒に行動したからか、ヒューゴは多少書きやすい。だけど、スタンレーをかっこよく描写するのは難しいし、シエラはちっともミステリアスにならないし、少し癖のあるイェリルの口調はうまく再現できないから大変だ。脇を固めるキャラクターの描写がしっかり定まらないせいか、ユメもいきいき動いてくれなくて、書いては消して、消しては書いてを繰り返している。

「だめだ」

わたしは椅子の背もたれにのけぞりながら呟いた。読書感想文なら流れるように書けるのに。

ため息を連発しながら床を蹴って椅子のローラーで本棚の前に移動し、シリーズの二巻『鍵開け師ユメと国境の薬売り』を手に取る。イェリルが登場する巻だ。この巻で、物語の主要登場人物が出揃《でそろ》う。

三巻に付録として挟まっていた小冊子によると、圧倒的に人気があるのはユメだけど、イェリルも三位に大差をつけて二位にランクインしている。投票した読者のコメントには、お姉さんぽくてすてき、という声が多い。また、ユメとの対照的なコンビ感がたまらない、という意見も載っていた。

たしかにユメとイェリルは正反対だ。だけど、だからこそ足りない部分を補《おぎな》いあっていて、だんだんチームワークが増していくのが読みどころのひとつだと思う。

物語の舞台、レグランド王国は魔法族とわずかに妖精族が暮らしている地域で、ユメは魔法族だ。鍵開け魔法以外は使えないとはいえ、ユメは多数派の存在で、きっとレグランド王国ではありふれた女の子だろう。

一方イェリルは、幼いころにキャラバンとともに砂漠を越えて、東の国からやってきた。十五歳にして調薬の天才で、イェリルが作る魔法破りの薬はほとんどの魔法を無力化できる。ユメが持つ矢の鏃《やじり》に魔法破りの薬を仕込むと、なんの変哲もない弓矢がネヴェレリアの幽霊兵を倒す強力な武器に変わるのだ。

作中でイェリルが魔法のことを「人間が生まれ持った力」、調薬のことを「人間が身に付けた力」と呼ぶシーンがある。二巻の中盤、ユメとイェリルがはじめて二人で話す場面でのことだ。正反対の力を持つユメとイェリルが協力関係になるところは、友達とは少し違う二人のどこか静かな信頼が芽ばえる瞬間で、作中屈指《くっし》のお気に入りのやり取りだ。

ユメたちの旅をアシストするシエラもいい。琴羽ちゃんが一番好きなキャラクターは、圧倒的にシエラだと言っていた。わたしの推《お》しはユメだけど、琴羽ちゃんの気持ちもわかる。

国境を持たず、気ままに暮らす妖精族のシエラは、透き通る羽を使って空を飛び、あちこちに先回りしてユメたちをピンチから救ってくれる。スタンレーとの関係性が絶妙で、ちょっとあやしくてロマンチックな空気感は読んでいてどきどきする。それでいて二人の内面やこれまでの生活の描写が最低限にとどめられ、細かい部分はわたしたち読者の想像に任せられているところが、じれったくもあり、おもしろくもある。

ヒューゴは最初はえらそうで腹が立つ嫌なキャラクターだったけど、だんだんユメのことを認めて協力するようになって、好感度が上がってきた。あんまり好きじゃないとはいえ、その成長は認めざるを得ない。少しずつユメと息が合ってきて、イェリルとはまた違う雰囲気だけど、相棒のような関係になっている。

旅の仲間は、試練を乗り越えて結束を強めてきた。チームであり、家族でもあり、ユメがみんなをかけがえのない存在だと思っていることが伝わってくる。

だけど、旅が終わったらどうなるんだろう。

ユメの故郷は王国の北の辺境にぽつんとある、小さな村だ。子どもはユメひとりだけなので、毎日山を越えて隣村の学校に通っているけど、そこにも子どもは少ししかいない。だれも落ちこぼれのユメの友達にはなってくれないし、ユメの両親は流行《はや》り病《やまい》で亡くなっていて、育ての親のソルムじいさんも物語がはじまる少し前に死んでしまった。ユメの家に、村に、ユメの帰りを待つ人はいない。

今、ユメは仲間に囲まれて幸せだけど、それは長い人生の一瞬のことであると、彼女はわかっている。

ずっと旅をしていたい、王都になんて着かなければいい。五巻の冒頭で、ユメがそう願うシーンがある。それを読んで、わたしがユメなら同じように思うだろうと、悲しくなった。ひとりぼっちのつらさを、わたしも経験したことがあるからだ。

それでも、旅はもうすぐ終わる。物語も終わる。イズミ・リラの代わりに、わたしが終わらせる。

その前にユメは、仲間の裏切りを知る。きっとショックを受けるだろう。正直なところわたしはユメに傷ついてほしくないけど、ユメには逆境を乗り越える力があると、まだまだ強くなれると信じたい。

わたしは四巻『鍵開け師ユメと忍び寄る影』を開いて、巻頭の登場人物紹介を眺めた。

イラスト付きで、旅の仲間が紹介されている。

こちらを窺《うかが》うように正面を見るユメの表情は、はじめて登場人物紹介が載った二巻と比べて、少し自信がついてきたようだ。最初は口をへの字にしていたけど、四巻では口角がわずかに上がっている。

その隣には、あごを上げた自信満々のヒューゴ。

黒髪をなびかせて薄く微笑むイェリル。

腕組みするスタンレー。

伏《ふ》し目がちなシエラ。

このなかのだれが、裏切り者なのか。

全員、味方であってほしい。だけどあきらかに旅の情報はネヴェレリアに漏《も》れているし、そのせいでユメは危険にさらされている。牢屋に入れられ処刑を言い渡されたのも、だれかが鍵開け師を消そうとしているからだ。

書けない。でも書きたい。もう少し具体的に物語が見えれば、すいすい書けそうなのに。

あのとき、どうして物語の世界に入れたのか、考える。もう一度同じことが起これば、書ける気がする。きっとなにか条件があるはずだ。直前の自分の行動を、思考を、順番に思い出す。

心当たりは、ひとつだけだ。

「閉ざした者よ、立ち返れ」

再び節電モードに切り替わった、学習机の上のノートパソコンに目を向けて、小さく唱える。

「鍵開け師ユメがここに命ずる」

まさかね、とは思うけど、わたしは結芽だし、主人公もユメだし、他にそれらしいことは思い浮かばない。

「……ルヴニール？」


渦の中心に吸い込まれ、どこかに引っ張られるような力を感じて目を閉じた。連れていかれる、運ばれている。自分をとりまく世界が、作り替えられている。

渦に飲み込まれていく感覚が消えると、閉じたまぶたの向こうが少し明るくなった。


おそるおそる目を開く。目の前に上品な陶器の器《うつわ》に入ったじゃがいものスープが置かれている。視線を動かして確認すれば、あたたかな光に包まれた小さなリビングにいるらしい。わたしのすぐ隣にイェリル、正面にヒューゴ、右斜め前にシエラ。テーブルの角をはさんだ隣にはスタンレーが座って、みんなで大きな木のテーブルを囲んでいる。

やっぱり、鍵開け魔法がトリガーだ。

「祖母の秘伝のレシピなんだ」

スタンレーはスープを一口すすって言った。「私はこれを飲んで育った」

「なんだか懐《なつ》かしい味ね。おいしいわ」

そう言ってシエラが頷く。わたしもスープを飲んでみた。まろやかな中に黒胡椒《くろこしょう》がほどよく効いてぴりっとしている。ほんとだ、おいしい。そう思ってから、異世界で食事をするともとの世界に戻れなくなるとなにかで読んだことを思い出し、まずかったかもと焦《あせ》ったけど、もう遅い。

わたしがいるのは、『鍵開け師ユメ』六巻の冒頭から続く書きかけのシーンらしい。牢屋から脱出したユメとヒューゴが仲間と合流してすぐ、スタンレーの生家に身を寄せる。スタンレーが結界魔法を使っているのでここにいる限りは敵に捕まる心配がない。ひさびさにゆっくり食事をすることができて、みんながほっとしているのが表情からわかった。

「このスープ、あたしが持っているスパイスが合うかもしれないな」

半分ほどじゃがいものスープを飲んでから、イェリルがひらめいた様子で言った。席を立ち、部屋の隅に置いた大きな赤い薬箱を開ける。これじゃない、これでもないと中身を漁《あさ》り、小さな袋を取り出して戻ってくる。

「それは？」

「東洋のスパイスさ。あちらでは元気が出ると評判なんだ。少し入れてみるかい？」

ヒューゴがスープの器を差し出した。イェリルがオレンジ色のスパイスを軽くひとさじ、ヒューゴのスープに入れる。一口飲んだヒューゴはびっくりしたように目を見開くと小さく咽《む》せた。

「言い忘れたけど、少し辛《から》い」

「先に言えよ。――でも、おいしい。たしかに元気が出る味だ」

「どれ、私も少し入れてもらおうかな」

スタンレーも器をイェリルに差し出す。わたしも興味を持って、同じようにした。シエラだけは「わたし辛いの苦手なのよね」と遠慮している。

においを嗅《か》いでみると、イェリルのスパイスからはターメリックのようなスパイシーなにおいがした。一口飲んで、やはりカレーだと納得する。昨夜の夕飯で、お母さんが作ったじゃがいものスープにカレーパウダーを入れて飲んだことを思い出した。

「うん、いい味だ」

感心した様子でスタンレーが言う。イェリルは得意げに微笑んで返した。

それからわたしたちはずっとつづいていた緊張をほぐすように、とりとめのない話をした。スタンレーの子ども時代について、イェリルがレグランド王国に着くまでの旅について、わたしとヒューゴの脱出劇について、それぞれがぽつぽつと語る。シエラは自分の話はせずに、みんなに質問したり、相槌《あいづち》を打ったりしていた。

上品な花模様のカーテンが、風に揺れている。小鳥の囀《さえず》る声が、かすかに聞こえる。

本当に物語のなかにいるんだ。そう思って、わたしは不思議な気持ちになった。牢屋に閉じ込められていたときとは違う現実感がある。

一緒に食事をして、話をしていると、ここにいる全員が本当はこの世に存在しないとは思えなかった。

そして、このなかのだれかが裏切り者であることを、受け入れたくなかった。


「ユメ、ヒューゴ、話がある」

食事を終えて器を片付けていると、スタンレーが声をひそめてわたしたちを呼んだ。

小さなリビングには、わたしとヒューゴ、スタンレーしかいない。シエラは家の周辺を見張りに行き、イェリルは庭先で魔法破りの薬を調合している。鼻がスーっとするような癖のある薬草のにおいが、風に乗ってかすかに漂《ただよ》ってくる。

スタンレーに促《うなが》されて、わたしとヒューゴは席に着いた。スタンレーはテーブルに両肘《りょうひじ》をついて少し前のめりになり、口元を隠すように手を組んだ。

「ネヴェレリアに、私たちの動きが読まれている」

とうとうだ。わたしはどきりとしながら頷いた。「まさか」ヒューゴが驚いた声を漏らす。

「このなかに裏切り者がいるということですか」

「そうは言っていない。ただ、我々のことを仲間とは思っていない、ネヴェレリアの協力者がいるかもしれない、ということだ」

それはすなわち裏切り者では、と思ったけど、持って回った言い方はスタンレーらしい。

ヒューゴがリビングの外に目をやって、それからスタンレーに視線を戻す。

「俺たちだけに話しているってことは……裏切り者はシエラさんかイェリル？」

「その可能性が高い」

スタンレーは重々しく言った。

これまでを振り返り、わたしも改めて納得する。ヒューゴが裏切り者だとしたら、ユメと一緒に処刑の危機に陥《おちい》る理由がない。それに、伝説の鍵開け師を訪ねて独断で王都を旅立ったスタンレーが裏切り者なら、琴羽ちゃんが言うように残り一冊ではシリーズが完結しないだろう。

「嘘《うそ》だろ……」

「そう思いたい。しかし、だれかが情報を流していると考えると、すべてが腑《ふ》に落ちる。我々は慎重に、秘密裡《ひみつり》に旅を進めているにもかかわらず、行く先々でネヴェレリアの幽霊兵や、悪夢に操られた衛兵に襲われている。あきらかに、なにかがおかしいんだ。予言の魔女の集落も、汽車の中も、王都の検問所も、本来なら無難に突破しているはずだろう」

スタンレーの言うことは、琴羽ちゃんと一緒に分析したこととまったく同じだった。

「スタンレーさんは、二人のうちどっちが裏切り者だと思いますか？」

勇気を出して、わたしは尋ねた。スタンレーは「わからない」と即答した。

「シエラは私が金で雇った存在だ。レグランド人でもない。ネヴェレリアに私より高額な金を用意されたら、そちらに付くだろう。そしてイェリルは、途中から旅に加わった。最初からユメの動向を探《さぐ》るために近付いたということもある」

なにか新しい情報を得られるかもしれないと思ったけど、スタンレーの発言は琴羽ちゃんの分析のおさらいでしかない。

「とにかく、シエラとイェリルには気を付けて、慎重に動くんだ。いいな」

「わかりました」

わたしとヒューゴは返事をして、椅子から立ち上がった。

どうやら、わたしが想像できていないことは、物語に反映されないらしかった。

仲間を信じること。でも、信じすぎないこと。

予言の魔女の言うことは、ユメには難しく思えました。なにより、矛盾しているように感じます。

「信じるということは、心の底の疑いまで消えている状態ではないんですか？」

ユメは尋ねます。学校では、だれかを疑うことは悪いことだと習いました。信じる気持ちは、どんなものより尊いとも。

「そうじゃないよ」

大あくびをしながら予言の魔女は答えました。長い眠りから覚めたばかりで、まだ少し眠いようです。

「心の底まで信じる気持ちだけなんて、ありえないことだからね」

「でも、わたしはあなたの予言を信じます」

ユメの言葉に、予言の魔女はふぁっふぁっふぁと笑いました。

「あんた、ユメと呼ばれていたね。本名は?」

「ユメです。ただのユメ」

「では、ただのユメ。あんたに大事な言葉をさずけよう。予言じゃないよ、長ぁく生きたばあさんが思う、この世界を強くたくましく生きるための真実だ」

予言の魔女はじっとユメの目を見つめました。ユメも、予言の魔女の目を見ました。グレーの瞳《ひとみ》は何層ものベールを重ねたような色をしていて、その奥に、なにか大切なものを隠しているように思えました。

「信じるなんてそんなこと、簡単に言っちゃあいけないよ」

ユメの心に、体に、予言の魔女の言葉が不思議なほどしみ込んできます。小さくうなずいたユメに、予言の魔女も同じだけ小さくうなずき返しました。

「一度信じてしまえば、本当に疑うことは難しい。できなくなると言っても、大袈裟じゃないからね」

「……わかりました」

「いやいやユメ、あんたはまだ本当にはわかっちゃいないよ。それに、重要なのはここからだ」

予言の魔女がユメの手を握ります。冷たくて、かさついた、長い時間を生きた人の手です。魔法とは別の力が宿っている、そんな風にユメは感じました。

「あのね、心の芯《しん》まで善人ってやつぁいないよ。世界をくまなく探したって、たったひとりもいやしない。心の芯まで悪人ってやつが、本当はいないようにね」

第三巻『鍵開け師ユメと予言の魔女』第六章より

第三章　嘘《うそ》吐《つ》きの秘密は

おじさんが運転する車を降りてひまわりが咲く庭を抜け、玄関を開けるとおばあちゃんが出迎えてくれた。

「あらぁ、結芽ちゃん大きくなって」

「先月おばさんのお葬式で会ったばかりじゃん。一ヵ月ちょっとじゃ、そんなに変わらないよ」

わたしが言うとおばあちゃんは「それもそうだ」と豪快に笑った。

「おなかが空《す》いたでしょう。おそうめん茹《ゆ》でるから、たくさん食べて。揚《あ》げたてのからあげもある。そうそう、お夕飯はお寿司とピザを予約してあるんだよ。お楽しみに」

おばあちゃんはそう言ってリビングに向かう。

お母さんの実家は静岡にあって、母屋《おもや》ではおばあちゃんが、同じ敷地内にある新しい家ではおじさん夫婦が暮らしている。いとこの二人のお兄ちゃんたちは、社会人と大学生だ。おばあちゃんは「女の子は素直でいいね」と言ってわたしをすごくかわいがってくれる。たくさんご馳走《ちそう》を食べられるし、田舎《いなか》でのんびりできるから、長期休みのたびに遊びに行くのはわたしの大きな楽しみだ。

リビングに入ると、ダイニングテーブルに予想の二割増しくらいの量のからあげが用意されていた。なんだか、家に帰るまでに太ってしまいそうだ。

夏休みにおばあちゃんの家で食べるそうめんが、東京のマンションで食べるものよりおいしいのはなぜだろう。ちょっと濃いめのめんつゆをからめると、するんするんとのどを通り抜けていく。

「ねえ、これ食べたらおじいちゃんの書斎に入ってもいい？」

あつあつのからあげを頬張《ほおば》りながら尋ねると、おばあちゃんは「もちろん」と答えた。

「結芽ちゃんは本が好きだねえ。きっとおじいちゃんみたいに頭がよくなるよ。おじいちゃん、生きていたら本の話ができるって言って、喜んだでしょうね。結美たちは本に興味がなかったから」

「わたしも兄さんもお母さん似なんだよ」

そうめんをすすりながらお母さんは言う。そのやりとりを聞きながら、やっぱり、おばさんの存在がさりげなくなかったことにされているな、と思った。

急いでそうめんとからあげを食べ終え、お皿を下げてから、わたしは家の奥にあるおじいちゃんの書斎に向かった。

おじいちゃんは読書家で、暇《ひま》さえあれば本を読んでいたのだと、お母さんやおばあちゃんから聞かされている。お父さんが考えた結芽というわたしの名前も、ロマンがあって素敵だと大賛成だったそうだ。もう少し硬派な響きの名前がいいと主張するお母さんが結芽で納得したのも、おじいちゃんの強い後押しがあったからだと聞いている。

「失礼しまーす」

書斎のドアを開けると、古くなった紙とインク、それから埃《ほこり》のにおいがわたしを包みこむ。このにおいが、わたしは大好きだ。

電気を点《つ》け、まずは背の高い本棚に囲まれたソファに体を沈める。そうするとたくさんの本に守られている気分になる。大人になったら絶対に書斎を作ろう。ここに座るたびに、そう思う。

おじいちゃんの本の趣味はわたしとは全然違うので、蔵書を借りることはめったにない。だけど、きれいに整頓された本がずらりと並んでいるところを見ると心が落ち着く。おじいちゃんは几帳面《きちょうめん》な性格だったらしく、すべての本が著者名と出版社別に並べられている。

本を愛する人が、自分と本のために作ったとっておきの空間だ。

ソファの背もたれに体をあずけながら、おばさんはきっとおじいちゃん似だったんだなと考える。

おばあちゃんは明るくて活発で、どちらかというと体育会系の性格だ。七十五歳を過ぎた今でもシニアのバルーンバレーチームに参加しているし、フラダンスも習っている。お母さんもおじさんも元気でパワフルだから、本人が言うようにおばあちゃん似だと思う。

おばあちゃんはよく、今おじいちゃんが生きていたら、わたしとすごく仲が良かっただろうと言う。それなら、もしかしたらおばさんとも気が合ったかもしれない。

「……せっかくおばさんがいたのに、一度も会えなかったな」

わたしのひとりごとは、たくさんの本のページに吸い込まれるように消えていった。

おじいちゃんが亡くなったのは、わたしが一歳になる少し前のことだ。その何年も前から闘病をつづけていたらしい。ホームビデオの中で赤ちゃんのわたしを抱いたおじいちゃんは、遺影に使われた写真と比べてずっと痩《や》せてしまったあとの姿だ。

おばさんはお母さんより二歳年上だから、おじいちゃんが亡くなったときは二十九歳。お父さんの読み通り勘当されていたとしたら、おじいちゃんは彼女の味方になったりはしなかったのだろうか。

ソファの上で、あれこれ考える。それでも答えを出すための情報が少なすぎて、堂々巡《めぐ》りするだけだ。

わたしは立ち上がり、書斎を出た。おばあちゃんがすぐそこにいるのだ。本人に直接聞いてみるのが一番いい。わたしだって家族の一員なんだから、おばさんについて知る権利くらいあるはずだ。

「――つまり、姉さんは自殺ってこと？」

　リビングのドアに手をかけた瞬間、予想外の言葉が聞こえてわたしは固まった。「そのセンもあるって話なのよぉ」おばあちゃんの返事が、自殺という単語に不似合いな気楽さで響く。

　リビングに続くドアを、気付かれない程度にそっと開ける。これで、少し会話が聞き取りやすくなった。

「警察が言うにはね、赤信号を無視したらしいの。走ってきたトラックにぶつかって、吹っ飛んで、そのままよ。過失は泉美にあるって。おかげで損害賠償責任があるの。ほんといい迷惑」

「相手の運転手もかわいそうね」

「まったくよ。今は、あれでしょ、ドライブレコーダーっていうのがいろいろ録画してるから、泉美が悪いってわかったらしいんだけど。それがなかったら向こうの過失ってことになってたかもしれないんだから。でね、警察の話によると、泉美はなんの躊躇《ちゅうちょ》もなく、トラックに突っ込んでいったらしいの。信号無視だし、見通しのいい場所だっていうから、事故というよりは……ねえ？」

「自殺でしょ」

　お母さんが、きっぱりと言った。ものすごく冷たくて鋭い、氷柱《つらら》みたいな声だ。

「自殺だよ、あの人のことだから」

「そうよねえ、亮司《りようじ》もそう言ってた」

おばあちゃんがおじさんの名前を出す。「それに、遺体にはリストカットの痕《あと》がたくさんあったのよ」その声は、自分の娘の死について話すというより、ゴシップに首を突っ込んでいるみたいに聞こえる。

「……四十過ぎてまで手首切ってたの？」

「人間って変わらないのねえ。心療内科だって、ずっと通っていたらしいのよ。あれからも一度、入院したことがあったみたいだし。となったら……やっぱりねえ？」

「そうでなくても、あの生活よ。先細り確定。うんざりして、魔が差して、そのままってこともあるでしょ」

「あなたに泉美の部屋の掃除《そうじ》を頼んだじゃない。遺書はあった？」

「なかった。だけど日記が出てきたよ。中をちらっと見たけど、うつの掃《は》きだめみたいで読めたものじゃなかった。自分で死んでもおかしくないよ、あの人」

「その日記どうしたの？」

「捨てたに決まってるでしょ。あんなノート、持ってるだけでこっちまで病気になりそう」

納得したみたいなため息が聞こえる。それからおばあちゃんが「泉美らしいわ」と言った。

「まったくよ」

お母さんがうんざりした声で言う。

「遺品整理に、損害賠償。最後まで他人に迷惑かけっぱなしなのよ、姉さんは」


執筆活動は順調かとお父さんに聞かれて、わたしはテラス席でイカ墨《すみ》パスタを食べたまま黙って首を横に振った。お父さんが最近見つけたというイタリアンレストランは隠れ家風のオシャレなお店で、土曜日のランチタイムは若い女性でにぎわっていた。パスタは大きくて素敵なお皿に盛りつけられている。味もいい。さっき「もしかして彼女と来たの？」と尋ねたら、ちょっと怒られた。たぶん図星なのだ。

「いまいちか」

「いまいちっていうか、全然ダメ。これなら学年全員分の読書感想文を書く方が何倍も楽だと思う」

まさしく三歩進んで二歩下がるの繰《く》り返しでしかない作業だと、物語を作る難しさを伝えた。イズミ・リラが何を考えていたのか、物語のつづきをどう展開しようとしていたのか、さっぱりわからない。するとお父さんは意外な答えを聞いたような、でも納得しているような、不思議な相槌《あいづち》を打った。

「それ、どういう反応？」

「いやな、自分が考えた物語じゃなくて、他人が考えた物語を書き継《つ》ぐとなると、そういう難しさがあるんだなと思って。そうか、結芽は小説を書くだけじゃなくて、おばさんのことを理解する必要もあるのか」

「この前おばあちゃんの家に遊びに行ったんだけど、たぶん、おばさんはおじいちゃん似だったんだろうなって思った。お母さんたちとは性格が違いそう」

「話を聞いている感じだと、そうだろうな。それなら結芽も、もしかしたらおばさんと気が合ったかもしれないね」

「わたしもそう思う。会ってみたかったな。仲良くなれたら、きっと楽しかったよ」

どうしておばさんだけが、家族から弾《はじ》き出されてしまったんだろう。あれから繰り返し考えていることを、わたしはまた考える。

どうしても、おばさんの死について語るおばあちゃんとお母さんの口調が忘れられない。二人の話し方はとてもじゃないけど、自分の娘や姉の死を悲しんでいるとは思えなかった。お母さんなんて、芸能人の訃報《ふほう》をニュースで知ったときのほうが残念がっているくらいだ。

「あのさ、お父さん。血がつながった人でも相性ってあると思う？」

わたしの質問に、お父さんは「そりゃあるよ」と即答した。

「やっぱりそう？」

「お父さんは若いころ自分の父親が苦手だったし、ここだけの話だけど、今もそんなに仲良くないよ。それに、兄貴よりも姉さんとの方が気が合ったな」

ふぅん、と頷《うなず》きながらパスタをフォークにからめる。

お母さんは、おばあちゃんともおじさんとも仲が良い。二人とはよく電話をしているし、東京に来ると聞けば、仕事の都合をつけて少しでも会おうとする。

一方、おばさんとは、仲が良かったとは到底思えない。極度の現実主義で、小説を読むくらいなら新聞を読み、部屋がきちんと整頓されていないと落ち着かないお母さんと、本棚からあふれ返るほどのおびただしい量の本に囲まれて生活していたおばさんの性格は真逆だろう。

それなら、おじいちゃんとの関係はどうだったんだろう。悪く言っているところは聞かないけど、もしかしたらわたしの前だから遠慮しているだけかもしれない。

「おばあちゃんの家で、なにかあった？」

案外するどいお父さんが遠慮がちに、だけどずばりと尋ねた。

「なんていうか、仲良くない親子や姉妹もいるんだなって思っただけ……」

自殺でしょ、とおばさんの死を断定したお母さんの言葉が、不意に頭によみがえった。

赤信号を無視してトラックにぶつかり、原付ごと撥《は》ね飛ばされて、そのままおばさんは

——、イズミ・リラは死んだ。

状況だけ見ればたしかに、不幸な事故とも、自棄《やけ》を起こして魔が差した末の自殺とも考えられる。お母さんがうつの掃きだめ、と表現するような日記があったのなら、自殺の可能性に天秤《てんびん》が傾くのも、わかりたくないけど、わかる。それに、人間は簡単に死にたくなるものだ。わたしだって、いじめられていた小学生のころ、明日の朝目が覚めなければどんなにいいかと思ったことが数えきれないほどある。

お父さんに、イズミ・リラに自殺説があるらしいことを話してみよう。そう思って、あのさ、と口を開いた、まさにそのときだった。

「ずいぶん楽しそうじゃない」

わたしたちのあいだからお母さんの声がかかった。お父さんがぎくりとして、ぎこちない動きで顔を上げる。

「げっ……、結美さん。久しぶり……」

「久しぶり。あなた、離婚したときの条件、覚えてる？」

冷たい目をしたお母さんに問われて、お父さんは「覚えてます」と小声で答えた。

「こうやって勝手に会ってるの、雰囲気からして結構頻繁《ひんぱん》なんでしょう？　いつから？　頻度は？」

「……去年から、月に一回くらいです」

「あっそう。それにしても、ずいぶん油断したものね。約束を破《やぶ》ったうえにまさかテラス席でランチするなんて、ちょっと笑えるわ。見つけたときはびっくりしたよ。あなたの迂闊《うかつ》さに。——結芽、帰るよ」

「えっ、まだ食べてる」

わたしが言うと、お母さんは「あとでもっとおいしいもの食べさせてあげる」と怖い顔で微笑《ほほえ》んだ。

「ほら」

抵抗しない方がよさそうだ。ナプキンでおろおろと口元を拭《ぬぐ》い、立ち上がる。

「詳しいことはまたあとで。次に同じことをするつもりなら、調停で会いましょう」

お母さんはお父さんにそう言い捨てて、わたしをぐいぐい引っ張りながら店を出た。

「ご、ごめんなさい」

ものすごく怒っている気配を放つお母さんに小声で謝る。お母さんは振り返って「結芽は悪くないのよ」と言った。

「ただ、大人には大人の約束があるからね。ったく、油断も隙《すき》もないんだから」

ヒールをカツカツ鳴らして、お母さんはわたしの前を行く。

どうしよう、この調子だとしばらくお父さんに会えそうもない。物語について意見を聞けなくなる。

テラス席を見ると、取り残されたお父さんが困ったように頭を抱えていた。


地獄の釜《かま》の中みたいに暑い八月の屋外から区立図書館に入ると、きんきんに冷えたエアコンの風に出迎えられた。生き返る。

タオルハンカチで汗を拭ってから、琴羽ちゃんに〈着いたよ〉とＬＩＮＥを送る。するとすぐに、ヤングアダルトコーナーの書架の陰から琴羽ちゃんが出て来た。

「ごめん待った？」

「ううん。わたしもついさっき着いた。今日も暑いね」

ひそひそ声で話しながら、日差しやエアコンの風が直撃しない席に二人で陣取る。開館直後を狙《ねら》わないとすぐに席が埋《う》まるから、図書館で一緒に勉強するときはいつも早めに待ち合わせをするのだ。

だけど、今日の目的は勉強じゃない。

わたしたちはそれぞれのリュックから『鍵開け師ユメ』シリーズを取り出した。琴羽ちゃんが一巻から四巻、わたしがコンビニで印刷した未刊の五巻と途中まで書いた六巻の担当だ。加えて、それぞれに物語を分析したノートも持ってきている。

「そうだ、結芽っちパパのアドバイスどうだった？」

伏線ノートを開きながら琴羽ちゃんが尋ねた。口裏合わせのために、琴羽ちゃんにはお父さんとの密会を毎回伝えていたのだ。わたしはどんよりした気持ちで、つい先日の出来事を説明した。

「あちゃー。とうとうバレたか」

「相談に乗ってくれるから、結構アテにしてたんだけどね。たぶんしばらく会えない」

「となると、わたしたちの力で書いていくしかないね。——ところでわたしの分析と結論から話していい？」

メガネをかけてもいないのに、メガネの位置を直すしぐさをし、きらんと目を輝かせて琴羽ちゃんは言った。どうぞ、と手で促《うなが》す。

「わたしの読みだと、裏切り者はイェリル」

「それ、琴羽ちゃんがシエラ推《お》しだからじゃなくて？」

「まさか。わたしとしては推しが裏切り者の方がアガるよ。描写が増えそうだし。っていうかもしかして結芽っちは、シエラさんが裏切り者だと思ってる？」

「どちらかというとね。でも、なんとなくそう思ってるだけだから、琴羽ちゃんの分析聞かせて」

オーケー、と答えて琴羽ちゃんは伏線ノートのページをめくる。

「結芽っち、三巻は読み返した？」

「もちろん。ユメが予言の魔女の眠りをこじ開けるところ、やっぱりおもしろい。予言の魔女の言葉もいいよね。絶妙にとらえどころがなくて、でも重要な感じで。ああいうミステリアスな雰囲気、好きだな」

「……分析した？」

「……おもしろすぎて普通に読んじゃった」

ため息を吐《つ》いた琴羽ちゃんが、ノートをテーブルに置く。開かれたページには、三巻の展開がわかりやすくまとまっていた。キャラクターがそれぞれどこにいるかまで、時系列ごとにきっちり書きこまれている。

「三巻の第六章で、ユメは眠りから醒《さ》めた予言の魔女と二人で話す。そしてそのあと、悪夢に操《あやつ》られて敵化した近隣の町の衛兵が、集落に押し寄せるよね」

わたしは頷いた。第七章で衛兵たちと戦い、第八章で集落を去り、第九章で次の町を目指し、三巻は終わる。何度も繰り返し読んだから、しっかり覚えている。

「このとき、ユメは予言の魔女と一緒にいるし、そもそも主人公だから裏切り者じゃない。ヒューゴは熱を出して集落の人につきっきりで看病されているから、内通のチャンスがない。それでは、シエラさんとイェリルはどこにいるでしょう」

「えーっと……、シエラはスタンレーと集落の人とポーカーをしてたっていう台詞《せりふ》があったと思う。イェリルは……」

「〈あたしはちょっと外の風にあたってくるよ。ついでに薬草を採《と》ってくる。このあたりはいいね、熱冷ましに使う薬草がたくさんある〉」

「そ、その台詞は！」

「三巻第四章、五十八ページの四行目!!」

わたしは三巻『鍵開け師ユメと予言の魔女』のページを開いた。たしかに琴羽ちゃんの言うページで、イェリルはみんなのそばを離れている。

「ちなみにこのあと、第七章での戦闘シーンまでイェリルは登場しない。一方シエラさんは、第五章でユメが予言の魔女の眠りをこじ開ける場面で、様子を見に来てる」

「たしかに……イェリルの方があやしい」

わたしが唸《うな》ると、琴羽ちゃんは「証拠ならまだあるよ」と伏線ノートのページを捲《めく》った。

「四巻の汽車のなかで幽霊兵と戦うところ、シエラさんは敵の攻撃を受けているけど、イェリルは無傷。しかもイェリルはシエラさんと違って魔法破りの薬で反撃することができるのに、それもしない。攻撃は全部ユメ任せ」

「ほんとだ……。琴羽ちゃんすごいね」

「宿題放り出して分析した甲斐《かい》があるよ」

「宿題はちゃんとやってね」

琴羽ちゃんからは愛想笑《あいそ》いしか返ってこない。

「ただ問題は、どうしてイェリルが裏切っているか——というより、この場合は最初からスパイなのかな。とにかく、どうしてイェリルがネヴェレリアに加担してるのかがわからないと、話は進まないよね」

「そういえば、イェリルの気持ちや事情を掘り下げるパートってほとんどないよね」

わたしは自分の分析を書いたレポート用紙の束《たば》を見た。わたしが主にまとめたのは、登場人物それぞれの身の上だ。

スタンレーについては、ヒューゴがときどき自慢の上司だとアピールしたり、有名な騎士団員だから旅の行く先々で話題になったりもする。自己主張の少ないキャラクターだけど、彼の情報は要所要所で出てくる。

ヒューゴは、有力な貴族の息子であること、でも三男で兄たちの方が優秀で悩んでいることなどを、ときどきこぼす。一番自分について語るのが彼だ。ヒューゴの偉そうな態度は自信のなさの裏返しであることが、さりげなく伝わってくる。

シエラは自分のことをあまり話さないけど、スタンレーの口から協力関係になるきっかけを語られるシーンが、二巻にある。それに、シエラはスタンレーとのやり取りが多いから、ミステリアスでも人となりがいくらか摑《つか》める。

しかしイェリルは何も語らない。イェリルのことを語る人もいない。東の国からキャラバンとともにやってきて、薬売りをしながら各国を渡り歩いている十五歳の少女。明らかになっている情報はわずかな来歴だけで、イェリルの人柄や個性ではない。

「イズミ・リラは、裏切りを通してイェリルの内面に迫《せま》るつもりだったのかも。――ほら、これ見て」

琴羽ちゃんが紙束を差し出した。どうやらネット上にあるイズミ・リラのインタビューを印刷したものらしい。

「イズミ・リラの記事を検索して、手あたり次第に印刷してみたんだ。これを読み込んでみると、イズミ・リラは登場人物をすごく愛してるんだよ。我が子のように思ってるんだって。ここには、〈ひとりひとりのドラマを、裏設定まで細かく考えるのが好きなんですよね。担当さんも知らない小ネタがたくさんあります（笑）〉って書いてある」

「ほんとだ」

インタビュー記事は、読んでいないものがほとんどだった。古い記事もたくさんある。それらにざっと目を走らせると、イズミ・リラは思いのほか明るく前向きな発言が多かった。物語と接することで世界が広がるとか、世界が広がれば選択肢が増えるとか、道徳の教科書みたいなことばかり言っている。

わたしはおばあちゃんの家で盗み聞きした会話を思い出した。イズミ・リラ側に過失がある交通事故、遺体のリストカット痕、長年の心療内科受診歴と、過去の入院歴。自殺でしよ、と家族から断定される人間と、これらのインタビューのポジティブな回答を結び付けるのは難しい。

それに、なんというか、

「きれいごとばっかだね」

思わず口から本音がこぼれ、しまった、と焦《あせ》る。琴羽ちゃんは少し驚いた顔をしている。

「……結芽っちってシビアでドライなとこあるよね」

「ご、ごめん」

「だけどそのきれいごとに、きっと発言者の深層心理が隠れてるんだよ。インタビューの内容はイズミ・リラの本心や事実とは限らないけど、理想は滲《にじ》み出ていると思う。実際はどうであれ、登場人物を心から愛していて、ネタや設定は多いほどいい派で、物語の存在によって人生がより豊かでいいものになると信じたいんじゃないの？」

「それは感じるよね。この、小ネタや設定を考えるのが好きっていうのは、いろんな媒体で見るから本当っぽいし」

「となると、裏切りにはイェリルなりの大きな理由や設定があるんじゃないかな。ただの悪者じゃないとか。わたしがイェリルを信じたいから、そう思うだけかもだけど」

「大きな理由があったら、裏切ったあとでももう一度仲間に戻れるかな？　わたしイェリルのことも好きだし、ユメもきっとイェリルが好きだから、ただ悪者だったなんてオチ、悲しすぎるよ」

「そこは結芽っちの腕の見せ所」

琴羽ちゃんがにやりと笑う。わたしには見せる腕なんてないんだけど。

ため息を吐きながら視線を図書館の書架に向けた。

ここには、いったい何冊の本があるんだろう。小説、エッセイ、図鑑、専門書。それらは、どれだけの時間と思考を費《つい》やして書かれたものなんだろう。

「小説書くのって大変すぎ」

思わず呟《つぶや》くと、琴羽ちゃんが「でも楽しいんでしょ?」と聞いてきた。

それにちょっと黙ってから、ちいさく微笑む。

物語のつづきを生み出すのも、イズミ・リラについて探《さぐ》るのも、めちゃくちゃ楽しい。


イェリルを信じたい。

図書館で琴羽ちゃんが言った言葉は、聞いたそのときはたいして気にも留めなかったのに、時間が経《た》つとわたしの心を埋め尽くした。わたしも琴羽ちゃんと同じ気持ちだ。

だけどイェリルは、きっと裏切り者だ。

いや違う、敵国ネヴェレリアのスパイだ。

ベッドに寝転んで『鍵開け師ユメと国境の薬売り』を読みながら、わたしはイェリルのことを考えている。ユメに感情移入して読んでばかりいたけど、イェリルに注目すると、物語を通して見える景色が変わるような気がした。

大人っぽくて現実的な皮肉屋だと思っていたイェリルだけど、ユメたちを欺《あざむ》いているという前提で読むと、どこか仲間と距離を置いていて、さびしそうだ。ひねくれた発言が多いのに、不思議と意地悪な印象は受けなかった。

きっとイェリルには、ユメたちに嘘《うそ》を吐く理由がある。

では、その理由はなにか。それが簡単にわかったら苦労はしない。

スマホに手を伸ばし、ＬＩＮＥを開き、琴羽ちゃんにメッセージを送る。

〈イェリルの裏切りの理由、もうちょっと考えない？〉

送ってすぐに既読がつく。しばらく待つと、

〈じつはネヴェレリア人とか？〉

と返事が来た。

悪くないかもしれない。一瞬そう思ったけど、イェリルの調薬技術を思うと、納得できない。イェリルの調薬はネヴェレリアを含むレグランド王国の近辺――大陸の西側では見られないもので、魔法の力を持たない砂漠の向こうの国の特別な技術だと、二巻で言及されてい

る。砂漠を越えて東の国々からやってきた人は少ないし、イェリルが技術を身に付けたことに繋《つな》がる伏線もない。イェリルの出自は本人の主張通りのものだろう。

〈今のやっぱなし。辻褄《つじつま》が合わない〉

わたしと同じことを思ったのか、琴羽ちゃんから訂正のメッセージが届く。

〈家族をネヴェレリアの人質にされてる、とか？〉

〈イェリルの家族、みんな死んでるんじゃなかった？〉

〈それが嘘っていう〉

〈イェリルの発言に嘘があるとしたら、もうなんでもアリだよ〉

〈それもそうか〉

琴羽ちゃんが頭を抱えている姿が目に浮かぶ。わたしもすごく悩んでいる。イェリルの裏切りには、きちんと納得できる理由がないといけない。そうでないと、イェリルがただの性格が悪い身勝手な女の子になってしまう。

〈イェリルの発言リスト、作ってみる〉

しばらくの沈黙のあと、琴羽ちゃんからメッセージが届いて、やりとりは終了した。

寝返りを打ってあおむけになり、また考える。

イェリルは悪い子じゃない。わたしがそう信じたいだけかもしれないけど、きっとユメだって同じように思っているはずだ。裏切り者だとしても、スパイだとしても、鏃《やじり》に魔法破りの薬を仕込み、ユメが幽霊兵と戦えるようにしてくれたのは、イェリルなのだ。イェリルの薬がなければ、ユメはとっくにネヴェレリアに捕《つか》まるか、死ぬかしている。

そう考えて、はたと気付いた。

イェリルは裏切り者のスパイだけど、ユメに力を与えている。それはネヴェレリアからすれば、イェリルがレグランド王国側のために動いているも同然だ。

一体、なぜ。

考える。数学の問題を解くときよりもずっと、英作文を書くときよりもずっと、頭を働かせる。

全然わからない。どん詰《づ》まりだ。

「……閉ざした者よ、立ち返れ」

だけど、わたしには鍵開け魔法がある。

「鍵開け師ユメがここに命ずる」

ねえイェリル、あなたのことを知りたいの。

だから教えて。

そう願いながら、物語の世界をイメージする。

「ルヴニール!!」

「待って！」

呼びかける自分の声が聞こえたのと同時に、わたしを取り囲む渦《うず》の動きが止まった。

石畳《いしだたみ》が敷かれた王都のくねる路地を、わたしは走っている。湿《しめ》った薄暗い裏通りだ。背負った赤い薬箱をカタカタと鳴らし、夜のように暗い紫色のマントと黒髪をなびかせるイェリルが、わたしから遠ざかっていく。

「ねえ待って！」

わたしは叫んだ。イェリルは振り向かない。

まだ書いていないシーンだ。イェリルがなぜ裏切ったのか、どうやって裏切りがユメにバレるのかについては考えられていない。だけど、イェリルが仲間のもとを去るなら、きっとだれかが追いかける。そして追いかけるのは、ユメしかいない。

これは『鍵開け師ユメ』六巻の、少し先の場面だ。

「イェリル！」

ようやくイェリルが振り返る。凜々《りり》しい眉《まゆ》がうんざりするように顰《ひそ》められ、黒い瞳《ひとみ》が憎らしげにわたしを見る。演技だ。わざと憎まれるような表情をしている。

「もうわかってるだろ」

イェリルは軽く両腕を広げた。

「あたしは、あんたたちを裏切った。いや違うか、最初から欺いていたのさ。敵だったんだよ、出会ったときから」

「そ、そんなことない」

そう反論しつつも、わたしはイェリルが裏切り者だと、嘘を吐いてきたと確信している。そんなことないと思いたいだけで、イェリルは味方ではない。

だけど、味方じゃない人は全員敵なのだろうか。

「……イェリルがネヴェレリアと内通しているっていうのは、わかった。わかってる。じゃあ、どうしてそんなことをしたのか教えてよ」

「言ったところで、あんたにはわからないよ」

そう言い捨てて、イェリルはわたしに背を向けて歩き出す。もう呼び止めても振り返らない。このまま姿を消すと心に決めていることが、背中の強張《こわば》りから窺《うかが》えた。

イェリルが理由を教えてくれないのは、わたしがなにもわかっていないからだ。

ここは物語の世界。わたしが書いている『鍵開け師ユメ』の世界。

わたしが考え把握していることしか、この世界は教えてくれない。

考えろ、考えろ。

イェリルはなぜ裏切ったのか。なぜスパイなんかをしているのか。

じつはネヴェレリア人。——それはない。イェリルの調薬の技術と辻褄が合わないいだけじゃなくて、イェリルはネヴェレリアに加担することを、心からいいとは思っていないはずだ。だってユメに魔法破りの薬をくれたのだ。少なくともわたしは、この説を否定する。

家族を人質にとられている。——ネヴェレリア人説と比べたらあり得るかもしれないけど、ピンとこない。イェリルに家族はいない。本人のこの発言が嘘なら、これまでの物語のすべての台詞を疑う必要が出てきてしまう。

少し別の角度から考えてみよう。ユメの仲間で、魔法族でないのはイェリルとシエラだ。シエラは妖精《ようせい》族で、スタンレーにお金で雇《やと》われた協力者。

なるほど、お金は動機になるかもしれない。

「金のためだよ！」

わたしの思考が繋がりはじめた瞬間、イェリルが振り返り、大声で言った。勢いよくこちらに引き返してくる。

「ネヴェレリアに高い金を積まれたんだ。それはもう、何年も困らないくらいの額さ。今までずっと、根無し草の貧乏暮らしだったからね。金っていうのは魅力的だよ」

違う。

わたしは直感した。イェリルの動機はお金じゃない。

だけど、他に理由を思いつかなかった。イェリルが貧乏暮らしをしていたのは、想像がつく。十代半ばの子どもが薬売りの行商をして稼《かせ》げるお金なんて高が知れているだろう。たよれる身内も知り合いもない、天涯孤独《てんがいこどく》のイェリルはきっとかなりの苦労をしたはずだ。それでもイェリルがお金のために動くとは思えない。

また考える。どれだけ知恵を絞《しぼ》っても思考はどん詰まりだ。

まあいい。一旦、イェリルの動機はお金ということにしてしまおう。

「悪いことしたとは思ってるさ。あんたたちにはよくしてもらったから、なおさらね。だけど、ネヴェエレリアに協力すれば大金をもらえて、あんたたちに協力してもありがとうって言われるだけさ。それなら、どっちの味方をするかは決まってる」

そう語るイェリルの声が、ざらざらと崩《くず》れていく。「あたしにも事情があるんだ」悪人みたいに笑うイェリルの顔が、だんだん見えなくなっていく。

わたしはあわてて目をこすった。指先にも違和感がある。確認すると、爪《つめ》の先から少しずつ輪郭を失いはじめていた。

「な、なにこれ」

「あたしのことは忘れて、勝手に王国を救えばいいさ」

イェリルは再び背を向けて、崩れる路地を去っていく。

「それができればの話だけどね」

わずかに振り返ったイェリルの声はもう、かろうじて聞き取れるかどうかというくらい、ノイズまみれになっていた。

「待って、イェリル！」

イェリルに向かって腕を伸ばす。その腕が指先、てのひら、手首と、順番に崩れていく。

世界がいくつもの無秩序な渦を巻きはじめる。

——結芽

どこからか声が聞こえた。

少し低いけど女の人の声だ。

「だれ⁉」

大声で尋ねても、答えは返ってこなかった。

わたしの——ユメの体が崩れ落ちていく。もう腕はほとんど消えてしまった。

「あなただれ⁉」

叫んだわたしの声に、励《はげ》ますような声が返ってくる。

物語に嘘を吐いたらいけないよ

その言葉を聞き終えた瞬間、ユメの体が消えた。

わたしの意識は渦に飲み込まれて、物語の世界を去った。


「結芽っち、迷走してんね」

というのが新しい原稿を読んだ琴羽ちゃんのコメントだ。ずばり図星を指されたわたしは、図書館のテーブルに突《つ》っ伏《ぷ》すことしかできなかった。

迷走している自覚はある。たっぷりある。

だけど指摘されると、ものすごく悔《くや》しい。

「……イェリルがネヴェレリアに加担した理由がわかんない」

テーブルに額《ひたい》をくっつけてぐりぐりしながらわたしは言った。視界の隅で、琴羽ちゃんがうーんと唸る。

「お金っていうの、悪くないと思うよ。シエラさんと被《かぶ》ると言えば被るけど、逆にお金で味方になったシエラさんと、お金で敵になったイェリルっていう対比にもなるし」

「わたしはお金じゃないと思う……」

「だけどお金を理由に裏切ってるよ、結芽っちのイェリル」

「だって……ほかに思いつかないんだもん」

「だからって妥協しちゃだめじゃん」

「そんなに簡単に言わないでよ」

言い返したけど、劣勢なのはわたしだ。琴羽ちゃんの言うことは正しい。

国語の授業で作文の指導をするときに、先生が「思ってもいないことを書くな」と言っていた。わたしは作文が得意だから話半分にしか聞いていなかったけど、あの言葉の重みを身をもって感じている。思ってもいないことを書くと、バレる。それだけじゃなくて、自分の心がむずむずして、ぞわぞわして、今すぐにでも書き直したくなる。

だけど、書き直す内容が、まったく思い浮かばない。

「イズミ・リラはさ、きっとイェリルにぴったりの、最高の裏切りの理由を考えてたよね」

励ますように琴羽ちゃんが言う。わたしは顔を上げた。

「そう思う。たぶんだけど、理由は最初から決めてたんじゃないかな」

「パソコンに他のデータないの？　設定とか、プロットって言うんだっけ？　小説って、書きはじめる前に設計図みたいなやつを書くんでしょ？　そういうものがあれば、ヒントになるかも」

「ないんだよ……。パソコンは買ったばかりだったみたいで、全ッ然ほかのデータは入ってなかった」

「普通、バックアップを取るよね？　仕事の原稿だし。ＵＳＢメモリーとかで」

「……全部捨てちゃった」

イズミ・リラの部屋を片付けたあの日、わたしがのろのろ作業をしていたせいでお母さんが怒り出し、最低限の分別だけしてなにもかもゴミに出してしまった。そのなかにはＵＳＢメモリーなんかも当然あっただろうけど、それはとっくに燃えないゴミとして処理されたはずだ。イズミ・リラの遺品のうち処分されずに残ったのは、わたしが持ち帰った三十冊の本と、ファンレターや一部の文房具、それからまだ新しいパソコンだけだ。

「結芽っち、イズミ・リラのＵＳＢ捨てたの？　未発表原稿とか入ってたかもしれないのに？　正気？」

琴羽ちゃんがすっと目を細める。言われてみればその通りだけど、そこまで頭が回っていなかった。

「……まあいいや。ここまできたら、倉森さんに聞くしかないね」

倉森さんの名前が出て来て、わたしはちょっとだけ琴羽ちゃんから目を逸《そ》らした。

たしかに、倉森さんに連絡すればなにかヒントをもらえるかもしれない。だけど、お母さんにもおばあちゃんにもイズミ・リラのことを話していない状態で、倉森さんに連絡を取るのは気が引ける。

「倉森さんかぁ……」

「向こうも、権利の話とか進めたいだろうし」

「そっちは進展ないから連絡しづらいっていうか……」

「じゃあ、そこはスルーしてメールしなよ」

「うざがられないかな。編集者ってきっと、すっごく忙しいよ。そもそも社会人なんだから、中学生の相手なんかしてくれないよ」

わたしが俯《うつむ》くと、琴羽ちゃんが「だいじょーぶ！」と肩を叩《たた》いた。根拠なんてないんだろうな、と声のトーンでわかる。

「この前は中学生の相手してくれたし、もしうざいと思ったら返事してこないだろうし。とりあえず当たって砕《くだ》けてみようよ。ねっ！」

琴羽ちゃんは明るく言って、わたしの肩を摑んで左右に揺らした。

当たって砕けたら玉砕《ぎょくさい》じゃないか。そう思ったけど、倉森さんに話を聞くのが一番手っ取り早くて確実なのは、たしかだった。


夏休みの終わりごろ、パソコンのメールアプリを確認してみると、倉森さんから返事が届いていた。

　メールには、まさか本当につづきを書くとは思わなかった、添付したファイルはネットなどには載せないように、という内容と、控《ひか》えめな励ましの言葉が書かれている。権利の話の進捗《しんちょく》についても触れられていた。気遣ってくれている感じだけど、早く話を進めたいことが文面から伝わる。

　ごめんなさい、母にも祖母にも、伯母《おば》のことはまだ話せていないんです。もう少し待ってください。そう返事をしてから、わたしはメールに添付されたファイルを開いた。ファイルの名前は「鍵ユメ登場人物一覧」とある。

　登場人物一覧は、シリーズ開始前に書かれた初期設定のようで、細かい情報が現在のものとは異なっていた。ユメに名字があるし、二十代後半であるはずのスタンレーがもう少し年上だし、ヒューゴとシエラはそもそも名前が違う。

　画面をスクロールする。イェリルの情報は主要登場人物の最後の項目で、だれよりも――それこそ主人公のユメよりも、書き込みがたくさんあった。

　前のめりになってパソコンの液晶に顔を近付け、イェリルの情報を読んでいく。

　東の小国シシンの貧困層出身で、物心つく前に、家族を含めたキャラバンとともに新天地を求め旅に出る。最初はシシンの周辺の国を渡り歩いていて、そのときに調薬の技術を身に付けた。のちに東の国々は戦禍《せんか》に飲まれ、一同は砂漠へと踏み出し西を目指す。この旅は過酷なもので、途中でイェリルは両親を亡くした。砂漠を越えたときキャラバンの生き残りはイェリルを含め、たった四人。しかし生き残った仲間も犯罪に巻き込まれ、イェリルは言葉も通じない土地でひとりぼっちになってしまう。このとき彼女はまだ十歳だった。

ひとりぼっちのイェリルは生きるため、調薬の技術を使って行商をはじめる。ただ、子どもであるせいで足元を見られたり、だまされたりもしょっちゅうだった。途中、同じく東から砂漠を越えてきた商人に拾われるが、そこでの奴隷《どれい》まがいの扱《あつか》いに嫌気がさし、十二歳で脱走。再び行商の旅に出る。

細かく練《ね》られた設定が、インタビュー記事から感じたイズミ・リラ像に結び付く。物語にひそんだイズミ・リラの思考に感動すると同時に、わたしはだんだん悲しくなってきた。イェリルがこんなに苦労していたなんて知らなかった。家族や仲間を亡くしたイェリルには、自分以外に信じられるものがなかったんだろう。支え合い旅をするユメたちを欺きつづけながら、どんな気持ちでいたんだろうか。

イェリルの性格を表す部分には「現実主義」「ロマン否定」と書いてある。

ふとお母さんの顔が頭に浮かんだ。おばさんの死を自殺だと決めつけ、物語を軽視するお母さんが。

お母さんはおばさんを嫌っているし、たぶん見下してもいる。だけどおばさんは、お母さんと仲良くしたかったのかもしれない。少なくとも、お母さんのようにロマンを否定する人を理解したいと思っていたのだろう。

イェリルの情報を読み進める。

少しずつ、イェリルという人物の核心に近付いていく。

液晶に目を走らせながら、わたしは無意識に頷いていた。

そこには、これしかないと思えるイェリルの本心が書かれてある。

わたしはスマホを手に取った。ＬＩＮＥから琴羽ちゃんに電話をかける。通話はすぐにつながった。

『やっほー結芽っち。どうした？』

「倉森さんから返事きた。登場人物のデータ、もらった」

『もしや特ダネ？』

「超特ダネ。あのね、イェリルの動機はお金だよ」

わたしはマウスを操作して画面をスクロールしながら言った。『お金？　まじで？』琴羽ちゃんが意外そうな声を出す。

「うん、お金。でも、イェリルが本当にほしいものは、お金じゃないんだ」

イェリルはネヴェエレリアにお金を積まれ、買収された。行商で各地を巡り、何か国語も操るイェリルはレグランド語も堪能《たんのう》だし、ユメと歳《とし》が近いこともあり、警戒されないだろうと思われたのだ。イェリルはまとまった前金をもらい、国境の町でユメを待ち伏せし、旅の仲間に加わった。途中でユメを殺すか捕《と》らえるかすれば、褒美《ほうび》にさらなる大金と、ネヴェレリアで暮らす権利を手にできるのだ。

　イェリルがほしいのはお金。

　でもそれ以上にほしいのは、本当の仲間。

　ユメを差し出してネヴェレリアに居場所を得ても、自分のさびしさは本当には埋められないと気付いている。

「イェリルは裏切り者だよ。だけど、イェリルがここまでユメを殺さなかったのは、イェリルがユメのことを好きで、仲間になりたいからだと思う。イェリルは本当の本当の根っこの部分では、ユメを裏切りたくないんだよ」

『なるほど。最初はお金に釣られたけど、目的が変わったんだね』

「そういうこと！　イェリルはユメの仲間に加わったことで、本当にほしいものに気付いたんだ」

　わたしはスマホに向かって大きく頷いた。

「琴羽ちゃん、わたしはこのままイェリルに悪者でいてほしくない」

　わかってる、と言うみたいに、琴羽ちゃんがはっきりと相槌を打つ。わたしはそれに後押しされるように言葉をつづけた。

「イェリルは本当は、不安でさびしかっただけだと思う。ユメを殺せずにいたことがその証拠だよ。イェリルが全部やり直していい人間になるチャンスがあってもいいよ、絶対」

『心の芯《しん》まで悪人ってやつは、本当はいないからね』

琴羽ちゃんが予言の魔女の言葉を引用する。

「それも伏線かな」

『きっとそうだよ。それに』

通話の向こうで琴羽ちゃんが笑う気配がする。わたしは、このあとになんと言われるかを直感して、鼓舞《こぶ》されるより先に勇気が出た。自信もついた。いける気がした。

『伏線じゃなかったとしても、結芽っちが伏線にして』


イェリルのキャラクターを把握すると、とたんに筆が乗りはじめた。ついこの前までの、亀の歩みより遅いキータッチが嘘のようだ。物語が沸《わ》き上がり、ノートパソコンのキーボードが次から次へと沈んでいく。バックスペースを押す回数より、エンターキーを押す回数の方が多いくらいだ。

「結芽ごめんね、今年の夏休みも旅行とか行けなくて」

夕飯にお惣菜《そうざい》を食べながら、お母さんが謝った。何日も物語の世界のことばかり考えていて上《うわ》の空だったわたしは一瞬反応が遅れ、なんのことだろう、と思ってから「ああ、全然いいよ」と答えた。

「お母さん、忙しそうだし。おばあちゃんの家に遊びに行ったじゃん」

「あれは旅行じゃなくて帰省だよ。連れて行きたいところ、たくさんあるのにな」

「気にしなくていいよ。わたし、全然退屈してないから」

「それならいいんだけど。お父さんの方が、結芽に楽しい思いをさせてあげられるのかなとか、思っちゃって」

「そんなことないって。お父さんと会ってたのはルール違反だし。琴羽ちゃんと遊んだりして毎日楽しいから気にしないで。それにお母さん、今年はおばさんが亡くなったときにたくさんお休みもらってたし、仕方ないよ」

　わたしが言うと、お母さんはため息を吐いた。

「姉さんも、突然死ぬなんてね」

　いつもよりおばさんを語るときの言葉の棘《とげ》が少ない。

　これはもしや、話を聞き出すチャンスだろうか。

　お母さんの機嫌が悪くなったら嫌だな、と思ったけど、こんな機会はなかなかない。わたしはなるべく自然に尋ねてみた。

「おばさんって、どんな人だったの？」

お母さんが視線を上げる。ちょっとぎくりとしたようにも見えた。

「どんなって……」

「わたし、ついこの前まで、自分におばさんがいるなんて知らなかったし、興味あるな。名前も聞いたことなかったけど、おばさん、もしかして家出とかしてたの？」

本当は勘当されたのでは、と思っているけど、微妙に焦点を外しておく。お母さんは数秒のあいだ考えるように黙ってから「家出では、ないのよ」と答えた。

「姉さんは頭がよくて、いい大学に入ったんだけど、勝手に中退してね。理由も言わなかった。それをおばあちゃんがすごく怒って、もう顔を見せるなって言ったの」

「おじいちゃんはなんにも言わなかったの？」

「おじいちゃんはお婿《むこ》さんだし、おばあちゃんの方が気が強かったから。でも、おじいちゃんはしばらくのあいだ、こっそりお金を送ったりして、援助していたみたいよ。おじいちゃんの様子で、ああ、姉さんは無事に生きてるんだなって思ってた。おじいちゃんが亡くなったときに連絡を取ろうとしたけど、お葬式に呼ぶのはおばあちゃんが猛反対したからやめたの。それからはもう、とっくにいい歳だし、勝手にやってるだろうと思って、放っておいた」

それを聞いてわたしは、嘘ではないけどまるっきり真実でもないな、と思った。本当のことは、分厚いベールに包まれている。七月におばあちゃんとお母さんがこっそり話していた感じからして、実際はもっと壮絶だろう。そもそもお母さんが語る程度の状況なら、おばさんがいることとくらいはわたしも察していたはずだ。

「おばさんって、お母さんやおばあちゃんとは違うタイプ？」

「そうね。全然違った」

お母さんはそっと目を逸らす。

「誰にも学年トップを譲《ゆず》らないくらい優秀だったけど、えらく地味でね。学校でも友達といるところは一度も見かけなかった。おじいちゃんとは気が合ったみたいで仲が良かったけど、わたしは歳が近くてもあまり話をしなかったな」

「昔の写真とかないの？」

「ないよ。昔は今と違って、そうしょっちゅうは写真を撮らなかったの。それにしても、まさか結芽が姉さんにそんなに興味があったとはね」

「気になって当然だよ。人生に突然おばさんが出現したんだから」

「それもそっか」

「……もしかしてお母さん、おばさんのこと、あんまり好きじゃない？」

思い切って聞いてみる。お惣菜のハーブチキンに箸《はし》を伸ばすお母さんの動きが、ほんの一瞬、驚いたように止まった。

「だれにでも、わかり合えない人はいるんだよ」

声がすごく冷たい。この話はそろそろ終わらせたほうがよさそうだ。

それから話題は目前に迫る新学期のことになった。実力テストの準備はきちんとしているのかと聞かれ、すっかりそのことを忘れていたわたしは、内心やばいなと思いながら「ぼちぼち」と答えた。

「あれ、今ごまかしたでしょう」

「ごまかしてないよ」

「ごまかしたってことは、準備してないってことだよ。ちゃんとやりなさい。学生の本分は勉強なんだから。──ごちそうさま」

手を合わせると、お母さんはそそくさと席を立った。

おばさんは自殺したの？　という、一番聞きたかったことは、到底聞けるはずがなかった。


ベッドに寝転んで、大きなうさぎ柄《がら》のカバーをかけた枕をクッション代わりにし、シリーズの三巻『鍵開け師ユメと予言の魔女』を開く。夕飯を食べるまではすごくクリアだった思考が、お母さんと話したことでごちゃごちゃになって、まとまりを失ったみたいだった。

お母さんは本当のことを話していない。

わたしに聞かせたくないことなのかもしれないけど、遺品整理を手伝わせておきながら、肝心《かんじん》なことはなにも教えませんよ、という態度は不誠実だ。だって、情報の一部ははっきり見えてしまっているのだ。中途半端に状況を理解させ、それをもとに空気を読ませるなんてずるい。

おばさんは、本当はどんな人だったんだろう。

考え出すと止まらない。それなのに、答えを導くヒントはあまりにも少ない。そしてそのほとんどは、物語の中にある。

わたしは遺影に使われたたった一枚の写真と、琴羽ちゃんが見せてくれたインタビュー記事でしか、おばさんを知らないのだ。イズミ・リラとして語るインタビュー記事はきれいごとばかりだし、最近の写真が見つからなかったとかで、二十年以上も前の成人式の写真が遺影になった。振袖《ふりそで》を着て髪をきれいにセットしたおばさんはお母さんと顔立ちが似ていたけど、表情はまるで違った。自分の見せ方をよく知っているお母さんに対し、おばさんはカメラをあやしむようににらんでいた。イズミ・リラの名前で検索しても、顔出しをしていなかったので著者近影は出てこない。

心に迷いがあるからだろうか。原稿のつづきを書こうとしたら、さっぱり進まなかった。ごはんを食べる前までのスムーズさが嘘のようだ。せっかくこれから大きな見せ場なのに。

スマホに触れ、ＬＩＮＥを開く。お父さんに相談してみようか。だけど、またわたしと連絡を取り合っているとお母さんにバレて怒られたらかわいそうだ。それに、次はわたしも怒られそうだし。

「……へんなこと聞かなければよかった」

わたしは枕に顔を埋めながら呟いた。

三巻で、予言の魔女は他人を信じきることも、疑いきることも難しいと言ってユメを諭《さと》す。この時点から、旅の仲間に裏切り者がいることが示唆《しさ》されていたのかもしれない。琴羽ちゃんも、これはきっと伏線だと言っていた。

当該のページを開きながら、疑うことの方が大変だと思った。信じることは、ある意味では考えることをやめてしまえば簡単なのだ。そして疑う方が後ろめたくて、信じる方が前向きですがすがしいような気持ちになる。信じるというのは、じつは気楽で簡単な行為かもしれない。

だけどわたしは、お母さんの言葉を疑っている。言い換えると、お母さんが本当のことを言っていないと信じている、ということになるけど、信じると疑うに気持ちを分類したら、それは圧倒的に疑いだ。

物語のなかでユメも、自分の力をよく疑っている。自分にはこんなことできないんじゃないか。そうやって疑って、追い詰められたり仲間に背中を押されたりして、勇気を出して前に進み、少しずつ信じる力を増していく。だけどその自信のなさだって、自分にはできないと信じているからだと言い換えられる。

少しずつ予言の魔女の言いたいことがわかってきた。信じることと疑うことは、紙一重《かみひとえ》なんだ。気持ちが絶対に変わらないくらいに信じることと、疑うことは、きっと難しいんだ。

それならわたしが信じているのは、『鍵開け師ユメ』、ただそれだけだ。

ひとりぼっちの学校で、この物語だけがわたしの居場所だった。ページを開けば、そこはつらく苦しい学校ではなくて、レグランド王国だった。わたしはどこかへ行ってしまいたかった。ユメになりたかった。物語の世界を夢想するときだけ、自由でいられた。

イズミ・リラは、この物語の作者は、どんな気持ちで『鍵開け師ユメ』シリーズを書いていたんだろう。どうしてイェリルに、あれだけの語られない物語を与えたんだろう。インタビューに書かれた行儀のいい理由じゃなくて、本当の答えを知りたい。

本を閉じ、あおむけになって、物語のつづきを考える。

次のシーンで、ユメはついに王都まで攻めてきた悪夢王と、彼が操る大量の幽霊兵と戦うことになる。イメージは、できている。ついさっきまでは、うまく書けるような気がしていた。だけど、心が迷いはじめ、疑いはじめてしまったせいで、蛇口の栓《せん》を閉めたみたいに言葉と物語が渋滞している。

物語に嘘を吐いたらいけないよ

イェリルを追いかけながら聞いた、だれかの声を思い出す。

嘘を吐くのは簡単で、誠実になるのは難しい。現実もそうだし、物語のなかでも同じだ。

誠実になるということは、自分と向き合い、自分のなかにある嘘をあぶりだすことだから。

だけどわたしは、この物語を愛している。これが世界のすべてだと思って、救われたことがある。

あのときのわたしが救われた世界を生半可《なまはんか》に描くことは、だれでもない、わたしへの裏切りだ。小学校とおさらばして、琴羽ちゃんという友達と出会って、ちょっとした不満はあっても毎日それなりに楽しく過ごしている。そういう今を手にしているのは、イズミ・リラが、ユメが、わたしを救い出してくれたからだ。わたしに生き延びる理由をくれたからだ。

だから『鍵開け師ユメ』には誠実でありたい。

どんなに迷っても、どんなに疑っても、イズミ・リラが書いた世界を信じたい。

迷ってる。このままじゃだめだ。

「閉ざした者よ、立ち返れ」

迷いを消すには、自分の目で見て、体感するのが手っ取り早い。わたしは今、扉を開ける力を持っている。

「鍵開け師ユメがここに命ずる」

固く目を閉じ深く息を吸い込んでから、強く唱《とな》えた。

「ルヴニール!!」

ユメは揺れる汽車の窓を開けました。汽車は川を渡る大きな橋に差し掛かろうとしています。

「飛ぶんだ」

スタンレーさんが言いました。

「このまま汽車に乗っていたら全滅する。逃げるには、それしかない」

「薬が水浸《みずびた》しになったら困るね」

そう言って、イェリルは背負った薬箱を振り返りました。

「とはいえ、幽霊兵にやられるのもかなり困るけどね」

「薬箱には保護魔法をかけてやる」

スタンレーさんが指を鳴らすと、イェリルの薬箱が一瞬黄色の光に包まれました。

「ほほう」感心したように言ったイェリルが、窓枠に足をかけます。

「それなら安心。じゃあ、お先に」

ひらりと手を振ったイェリルが、窓枠を蹴《け》って汽車の外に飛び出します。紫色のマントがぶわりと広がって、かと思ったら真っ逆さまに落ちていき、あっという間に川面《かわも》から水しぶきが上がりました。

「私も行く。二人も急いでくれ」

指示を出し、スタンレーさんも川に飛び込みます。

(どうしよう、すごく高い。こんなの無理だわ)

ユメは窓から身を乗り出して川を見下ろしながら、手足の震えが止まりません。高いところは大の苦手です。

ガタン!

そのときです。スタンレーさんが結界魔法をかけた汽車の個室のドアが、音を立てて軋《きし》みました。

「まずいわ、すぐそこまで幽霊兵が来てるのよ」

外を飛びながらシエラさんが言います。

「少し高くて怖いかもしれないけど、大丈夫よ。たぶん死にはしないわ」

そう言うけど、羽を持つシエラさんには飛び降りる恐怖なんてわかりません。

「行くぞ、ユメ」

ヒューゴが言いました。「これくらい平気だ」そう言うけれど、ヒューゴの顔も真《ま》っ青《さお》です。

「無理よ」

ユメは首を横に振りました。汽車は橋の真ん中あたりに差し掛かります。

「早くしないと、時間切れになるぞ」

ヒューゴはユメの手を掴みました。ヒューゴの手も少し震えていて、とても冷たくなっていました。彼もユメと同じくらい怖いのです。

すると、不思議なことにユメの心に勇気が湧《わ》いてきました。

「大丈夫だ。大丈夫だって思うんだ。ここを乗り越えないと王都へは行けない。鍵開け師が王都に行かなくちゃ、魔法女王は終わりだ。この国も終わりだ」

「うん！」

ユメは大きくうなずきました。

二人で窓枠に足をかけます。「下を見ない方がいいわよ」とシエラさんに言われ、そろって上を向きました。

「覚悟を決めろよ」

自分に言い聞かせるようにヒューゴが言いました。握《にぎ》りあった二人の手に、ぐっと力が籠《こも》ります。

「さあ――飛べ！」


第四巻『鍵開け師ユメと忍び寄る影』第九章より

第四章　わたしの答えは

渦《うず》を抜けたと思った瞬間、もふっ！　とふわふわの白い毛並みに顔が埋《う》まって、わたしは驚いて体を起こした。上下左右に、ものすごく揺れている。ジェットコースターみたいだ。

「な、なにこれ」

あたりを見回すと、巨大うさぎの群れが通りに並んだ屋台を次から次へと蹴散《けち》らし、店の看板を弾《はじ》き飛ばしながら、王都の目抜き通りを駆け抜けている。わたしは一匹のうさぎの右耳の付け根にしがみ付いていた。

行く手には、魔法女王の城がそびえ立っている。

「なにこれ‼」

「早くスタンレーさんと合流しないとまずいぞ」

声が聞こえて隣を見ると、巨大うさぎの左耳にヒューゴがしがみ付いている。振り返れば、グレーの靄《もや》みたいな幽霊兵の大群がひらひらとその姿をはためかせながらこちらに迫《せま》っていた。おまけに街には、不気味な笑い声が響いている。風の唸《うな》りがめちゃくちゃにこだましているような、神経を逆なでするような、背筋がざわつく声だ。

「この声は？」

「悪夢王が鍵開け師を探してるんだ。ユメ、絶対に捕《つか》まるなよ」

ヒューゴは背後の幽霊兵に向けて魔法の杖《つえ》をかざした。

「エクレール、轟《とどろ》け！」

電流攻撃が幽霊兵の一体に命中する。だけど、まったく堪《こた》えている様子がない。幽霊兵に電流は効《き》かないようだ。

「鍵開け師を差し出せぇい」「さもなくば皆殺しだぞ」「鍵開け師さえ差し出せば、悪いようにはせん」

街のいたるところから、悪夢王の声が聞こえてくる。さっきまではなにを言っているのかわからなかったのに、声の主が近付いているのか言葉が明瞭になってきた。王都の人々は幽霊兵と巨大うさぎに怯《おび》えて逃げ回り、建物の中に避難している。なかには逃げ遅れた人もいて、子どもの泣き声や女の人の悲鳴が街に響きわたる。風光明媚《ふうこうめいび》で穏《おだ》やかなレグランド王国とは思えない、この世の終わりみたいだ。

そういえば巨大うさぎなんて、物語に出てきたっけ？　馬車なら出てきたけど……。

そう思ったとたん、大通りに信じられないくらいの突風がごうごうと吹き込んだ。前の方を走っていた巨大うさぎが飛ばされて、頭の上を舞っていく。わたしたちがしがみついている巨大うさぎも、なかなか前に進めず、一生懸命に足を踏ん張っている。だけど、今にも吹き飛ばされそうだ。

「頑張れうさぎ！」

ヒューゴが巨大うさぎに声をかける。巨大うさぎはキュウキュウ鳴くばかりで、ちっとも前に進まない。

背後の幽霊兵は突風なんてものともせずに、どんどん距離を縮めてくる。

「ユメ！　弓矢を使ってくれ！」

わたしはハッとして弓を構えた。

巨大うさぎの背から転がり落ちないように重心を低くしてバランスを取りながら、矢筒から矢を引き抜く。鏃《やじり》には、ユメたちのもとを去ったイェリルが残した魔法破《やぶ》りの薬が仕込まれている。突風にあおられて、薬のにおいがかすかに鼻をかすめた。

弓矢を構え、狙《ねら》いを定める。

放った矢は突風に後押しされ、猛スピードで宙を裂き、幽霊兵を一体消滅させた。「その調子だ！」ヒューゴの声に励《はげ》まされ、さらに一本、二本と矢を放つ。

しかし、

「ヒューゴ、矢の残りがあと三本しかない！」

そういえばずっと、矢を補充するシーンを書いていなかった。ヒューゴが青ざめる。

「それなら温存！　まったく、スタンレーさんはどこなんだよ！」

わたしもあたりを見回した。スタンレーの姿はおろか、いつもどこからともなく助けにやってくるシエラの姿も見当たらない。

「俺じゃあ、悪夢王どころか幽霊兵だって倒せないぞ！」

焦《あせ》ったようにヒューゴが叫んだそのとき、どこからか聞き馴染《なじ》みのあるメロディーが聞こえた。

なんのメロディーだっけ。そう思ってすぐ、自分の耳を疑った。

これはＬＩＮＥ通話の着信音だ。

まさかと思いながらポケットを探《さぐ》る。すると、水色のケースをかぶせたｉＰｈｏｎｅが出てきた。カードホルダーにはＰＡＳＭＯ定期券。間違いない、わたしのスマホだ。

液晶にはＬＩＮＥ通話の着信画面が表示されている。名前はスタンレー、アイコン画像は巻頭の登場人物紹介のイラストだ。

「も、もしもし？」

なんでこの世界にスマホがあるんだと思いながら、わたしはとりあえず通話に出た。

『スタンレーだ』

当然の様子で、スタンレーは言う。

『シエラがきみたちを探している。目抜き通りにいることはわかっているんだが、突風がひどくて近付けないらしい。一旦、北の路地に逃げ込んでくれ。そちらで合流しよう。また連絡する』

「わ、わかりました……」

『捕まるなよ』

通話が切れる。それと同時に、スマホがわたしの手から消えた。

「なんだって？」

ヒューゴに聞かれて、スタンレーからの通話の内容を伝える。わたしはまた背後を振り返った。幽霊兵とは、まだ少し距離がある。

路地に逃げ込むなら今のうちだ。ヒューゴも同じように思ったらしい。

「よし、うさぎから降りるぞ」

ヒューゴがこちらに手を差し出す。わたしはその手を取って頷《うなず》いた。

「あそこの屋台のテントに飛び移ろう」

「わかった」

「さあ——飛べ！」

息を合わせて、巨大うさぎから飛び降りる。

狙い通り屋台のテントに下りると、生地が古かったのかわたしたちを受け止めた衝撃ですぐに破れ、石畳《いしだたみ》におしりを打ち付けた。巨大うさぎはこちらのことなど気にせずに、突風に押されつつ大通りを走り抜けていった。わたしたちも、風に押されてその場に転がる。

「痛っ……」

「まずい、幽霊兵だ！」

慌《あわ》てたヒューゴが石畳に散らばったユメの矢を一本拾い、すぐそこの幽霊兵に向けて投げつける。なんとか命中した魔法破りの薬のおかげで、幽霊兵は霧のように散って消えた。

「急ごう」

ヒューゴに腕を掴《つか》まれて立ち上がり、風に飛ばされないように足を踏ん張りながら北の路地を目指す。

途中で赤信号を無視して横断歩道を渡った。レグランド王国に信号機なんてあったっけ？と思ったけど、たぶんない。

さっきからこの世界にないものがあれこれ紛《まぎ》れ込んでいる。巨大うさぎに、スマホに、信号機。もうめちゃくちゃだ。

魔法女王の悪夢が深刻化しているんだろうか。

いや違う。原因は魔法女王じゃなくて、わたしだ。わたしが混乱している。物語のことが、イズミ・リラのことが、さっぱりわからなくなってきている。そして、迷う自分に焦《あせ》っている。

だから、わたしが考える物語の世界も混乱しているんだ。

「くっそ……。シエラさん！」

空を見上げてヒューゴが助けを呼ぶが、返事はない。

ユメと二人で王都を逃げ惑《まど》うヒューゴが今、ものすごく心細く、不安な気持ちであることだけが、手に取るようにわかった。


スタンレーとの合流を目指して、北の路地をぐんぐん進む。通りは狭《せま》くなったり広くなったりを繰《く》り返し、城に向かう大通りからどれくらい離れたのかはよくわからなかった。迷路の中をさまよっているような気分になる。

息が上がりはじめたところで、わたしは重大なことに気付いた。

「ヒューゴ、どうしよう。矢を落としてきちゃった」

「えっ、嘘《うそ》だろ⁉」

振り向いたヒューゴが立ち止まる。

「うさぎから飛び降りたときに落として、拾わずに逃げてきちゃったんだと思う」

「……そういえば、俺も一本しか拾わなかった」

わたしたちは王都のどこかもわからない狭い路地で呆然《ぼうぜん》と立ち尽くした。お互いを責める言葉すら出てこない。

ヒューゴは魔法を使えるけど、幽霊兵に立ち向かえるほどには強くないし、悪夢王にはほんの少しも歯が立たない。

ユメは一日一度の鍵開け魔法以外の魔法はまったく使えず、唯一《ゆいいつ》の武器である魔法破りの薬を仕込んだ矢を落としてしまった。

「落ち込んでいても仕方がない」

気を取り直すように言って、ヒューゴが歩き出す。

「早くスタンレーさんと合流しよう。言われた通りの場所に逃げ込んだし、幽霊兵だって撒《ま》いたんだ。きっともうすぐシエラさんが見つけてくれる。大丈夫だ」

勇気づけようとしてくれているのだと、はっきりわかる。最初はいじわるで鼻持ちならないエリートだったヒューゴは、旅をするなかでやさしくなり、本当の意味でのたくましさを身に付け、なによりユメを仲間と認めた。

わたしは知っている。全部知っている。

そんなヒューゴの成長が、紙に書かれた物語だということも。

「待って」

言って何になるんだ。そう思うのに、わたしはヒューゴを呼び止めた。

思った以上に、わたしの心はぐちゃぐちゃらしい。それを自覚してしまうと、もう止まらなかった。

「頑張っても、頑張らなくても、勝っても負けても同じだよ。この世界は、本当じゃないんだから。物語なんだよ」

振り返ったヒューゴの青い目が見開かれる。

「しかも、本当の作者はもう死んじゃったんだよ」

言っているそばから、涙がこぼれてくる。泣きたいわけでも、ヒューゴを困らせたいわけでもないのに。だけど、なんだか途方もない虚《むな》しさがあった。

わたしが愛しているのは物語で、ただの虚構《きょこう》で、筋書《すじがき》を考える人が少し混乱しただけで破綻《はたん》してしまう。そんなもろくて儚《はかな》い作り話だ。

現実には勝てない。現実にはなりえない。そんな、価値があるかもわからないものを、わたしは愛して、すがってきた。

「……ユメ？」

ヒューゴがわたしの顔を覗《のぞ》き込む。わたしは涙を拭《ぬぐ》い、しゃくりあげながら必死につづけた。

「ここでわたしたちが幽霊兵に捕まっても、逃げ切っても、たとえば悪夢王に負けても、なにも変わらない。現実に戻ったわたしがつづきを書けば、それが物語になる」

「おまえ、なに言ってるんだよ」

「ここでどんなに頑張っても、意味なんてないんだよ。大変でも、勇気を出しても、これは現実じゃないんだから」

足元の石畳が、涙で水玉模様になっていく。俯《うつむ》いていても、ヒューゴがものすごく困っていることが伝わってきた。当然だ。こんなことを言われて、冷静でいられるはずがない。

「……そんなの関係ないだろ」

しばらく黙ってから、言葉を探すようにヒューゴは言った。わたしは少しだけ顔を上げた。

ヒューゴは、設定通りに青い目をしている。でもそれだけじゃない。よく見ると鼻筋や頬《ほお》に薄いそばかすが散っていた。知らなかった。ずっとずっと、読んできたのに。

「これが物語ってことは、俺は登場人物か？　おまえが書いたように、俺は動いてるのか？」

わたしは頷いた。「そっか」と言うヒューゴは、がっかりした様子もなく、落ち着いていた。

「だったらユメ、もっとしっかりしてくれよ。俺のこと、ちゃんとかっこよく書いてくれ」

ヒューゴの言葉が、乾いた砂地が雨を吸い込むように、わたしの心にしみていく。ぽろ、ぽろ、と流れた涙は、それを最後にぴたりと止まった。

「あとで書き直されるとしても、幽霊兵になんて捕まってたまるか。悪夢王にも勝ってやる。この状況を、絶対に切り抜けてみせる。物語だろうと、この瞬間が俺の現実だ。全部おまえが書いてるなら、そんなに弱気でいるなよ。もっとおもしろくして、最高の展開にして、ハッピーエンドにしてくれよ」

そう言ってヒューゴは笑った。わたしもつられて口角が上がる。

「まずは、スタンレーさんと合流しよう。あの人がいれば幽霊兵にも悪夢王にもきっと勝てるだろ」

「……そうだね」

わたしたちはまた歩き出した。太陽の位置を確認しながら、北の路地を慎重に進む。

突然、ヒューゴが足を止めた。

「気配がする」

「人の？」

「違う。人じゃない」

二人で、じり、じり、と後退《あとずさ》る。すると目の前の路地から風に乗った幽霊兵が四体もやってきた。

「逃げるぞ！」

ヒューゴの声に弾かれて、来た道を走って引き返す。あっちの角から、こっちの角から、どんどん幽霊兵が押し寄せてくる。わたしたちは道順なんて考えず、今この一瞬を逃げ切ることだけを優先し、闇雲《やみくも》に路地を駆け抜けた。

「まずい」

一歩先を走るヒューゴが小さな声で言う。

「……行き止まりだ」

行く手は、レンガ造りの壁で三方をふさがれていた。正面には鍵がかかった窓がある。窓くらい魔法で開けられるけど、一日一回しか使えない鍵開け魔法を今使ってしまっていいのだろうか。これからまだ、ピンチが待っていたとしたら？

「だ、だれか！」

わたしとヒューゴは窓を叩《たた》いた。しばらくそうしていると、カーテンの向こうにあかりが灯る。こちらに気付いたおばあさんが窓を開けてくれた。悪夢に支配されている感じはしない。

「どうしたんだい？」

おばあさんは尋ねた。

「騎士団員です。追われています。家の中を通らせてください」

マントの内側に付けた騎士団の紋章《もんしょう》を見せ、ヒューゴが交渉する。おばあさんはわたしたちをじっと見てから、手を差し伸べた。

「お入り」

よかった。安心しながら、おばあさんの手を取って窓をよじ登り、家の中に入る。

「騎士団は男ばかりだと思っていたけど、女の子もいたんだね」

おばあさんはのんびりと言いながら、窓の鍵を閉める。わたしとヒューゴは話を合わせるために頷いた。テーブルと大きなソファ、それから暖炉《だんろ》があるリビングには、わたしたちが部屋に入るのに使った窓の正面に玄関がある。

おばあさんは、玄関の前に立ちはだかった。

ガチャリ。鍵が閉まる重い音が響く。

しまった、と思ったときにはもう遅かった。

「あんたたちは、もう少し人を疑った方がいい」

そう言っておばあさんは邪悪に笑った。エプロンのポケットから銃を取り出す。

「まあわたしとしては、偉大なる悪夢王のお役に立ててありがたいけどね」

逃げ道を探して視線を巡《めぐ》らせる。見つかったのは逃げ道ではなくて、テーブルの上に置かれたネヴェレリア国旗を持った人形だった。

ヒューゴがわたしの肩に手を置いて、口の中で小さく呪文《じゅもん》を唱《とな》える。わたしたちの体が一瞬、黄色の光に包まれた。保護魔法だ。

「勝てそう？」

わたしは小声で尋ねた。ヒューゴは小さく首を横に振る。

「このばあさん、相当強いぞ。たぶんスパイだ」

「よくわかったね。先の魔法戦争のごたごたに紛れてレグランドに潜《もぐ》り込んだんだ。わたしは偉大なる悪夢王の目であり耳だよ。ネヴェレリアでも指折りの密偵さ」

銃を構えたおばあさんがじりじり近付いてくる。わたしたちは後退る。背中が鍵をかけられた窓にぶつかった。窓の向こうから、幽霊兵たちの声が聞こえる。目の前には、銃を構えたおばあさん。

逃げられない。

「――伏《ふ》せな！」

大声が聞こえて、ヒューゴがわたしの頭を押さえつけた。同時にゴン、と鈍《にぶ》い音がして、目の前のおばあさんがその場に倒れる。おばあさんの横には、薪《まき》が転がっている。

「銃を遠ざけるんだ！　早く！」

わたしは慌てておばあさんの手から転がった銃を部屋の隅に向けて蹴った。顔を上げると、煤《すす》だらけになったイェリルがロープを持って立っていた。

「イェリル⁉　どうしてここに」

イェリルは気絶したおばあさんをロープで縛《しば》り上げながらあごで暖炉を示した。煙突から下りてきたらしい。

ああよかった、とイェリルに抱きつこうとしたわたしを、ヒューゴがさえぎる。

「イェリル」

厳しい声でヒューゴは言った。

「戻ってきたのか、殺しにきたのか、俺には区別がつかない。戻ってきたなら、信頼に足る証拠を見せろ」

「その疑《うたぐ》り深さをもうちょっと早く発揮してほしかったね」

笑いながら嫌味を言ったイェリルは、薬箱から何かを取り出した。

「ほら」

そう言ってわたしに放り投げたのは、矢だ。全部で五本。鏃には、魔法破りの薬が仕込まれている。

「いつもより強めに調合してある。全部喰《く》らえば、幽霊兵どころか悪夢王もただじゃすまないよ」

「……仲間だって、思っていいの？」

わたしは矢を握《にぎ》りしめながら尋ねた。イェリルはさあね、と肩をすくめた。だけど、表情はひどく不安そうにも見えた。

「思いたいように思って、呼びたいように呼べばいいさ」

「イェリル！」

今度こそ、わたしはイェリルに抱きついた。「苦しい」と言いつつ、イェリルもまんざらではない様子だ。

「屋根の上から見たけど、正面玄関で幽霊兵が待ち構えてる。台所の裏口から出た方がいい。付いてきな」

イェリルの案内でおばあさんの家を出る。曲がりくねった細い北の路地を抜けると、広場に出た。

「ここ、どこ？」

「北の国民広場だ。待ってろ、スタンレーさんに伝言魔法を……」

ヒューゴが杖を構えたそのとき、広場に続くいくつもの通りから幽霊兵の大群が押し寄せてきた。数えきれないほどの数だ。

その一体一体がぶつかって、合体して、だんだんと大きくなっていく。

ばらばらの幽霊兵は、合体を繰り返し、わたしたちの目の前で次第にはっきりとした輪郭を作りだす。

背が高く、頭に立派な二本の角をはやした男は、間違いない。

「……悪夢王だね」

そう言ったイェリルは、わたしたちの誰よりも腹をくくっているようだ。

「イェリル、よくやった。鍵開け師を差し出せ」

悪夢王が低い声を轟かせ手招きする。イェリルはちらりとわたしを見てから、悪夢王に視線を向けた。

「お断りするよ」

「裏切るつもりか」

「裏切るなんて、仲間だったみたいなこと言わないでくれよ。べつに、あんたと仲良くした覚えはない。ただ、ちょっと得をするかもしれないから、おいしいところを齧《かじ》ろうとしただけさ。あたしはこっち側に付くって決めたんだよ。さあ、ユメ」

イェリルがわたしの肩を叩く。

「やっちまえ」

わたしは強く頷いた。

「貴様‼」

怒りに震える悪夢王の体が、さらに大きく膨張する。好都合だ。的《まと》の面積が広がった。

矢を五本、まとめて引き絞《しぼ》る。いつもより抵抗が強い。

だけど、大丈夫。

絶対に、あたる。

「いけ！」

ヒューゴとイェリルの声が重なった。

いける。勝てる。

そう確信して、わたしは力いっぱい矢を放った。


夏休み明けの実力テストをようやく終えた日の放課後、文芸部の部室に入ろうとすると、背後から琴羽ちゃんに呼びかけられた。

「結芽っち！　結芽っち！」

振り返れば、琴羽ちゃんが廊下を走ってやってくる。興奮しながら何度もわたしを呼んで、タックルするみたいに飛びついた。

「んもう、最高！」

「なにが？」

「わかってるでしょ、『鍵ユメ』!!」

琴羽ちゃんはわたしの腕を摑んで強く揺さぶってくる。

「最高も最高。めっちゃおもしろかった。イェリルのこと信じてたし、結芽っちのことも超信じてた。手に汗握ったし、胸は熱くなるし、やばいよ。超やばいよ。あと、なんかわかんないけどヒューゴがいつもよりカッコよかった！」

「琴羽ちゃん、ちょっと落ち着いて……」

「あ、ごめんごめん」

照れたように笑った琴羽ちゃんと部室に入り、ほかの部員から離れたいつもの席に座る。

さっきの琴羽ちゃんのはしゃぐ声が聞こえたのか、持ち込み禁止の漫画を開いた部員たちは、わたしたちを不思議そうな顔で見ている。

「いやぁ、結芽っちの書きっぷりが上がって、読み応《ごた》えが出てきたよ。昨日、今までの原稿を通しで読んだけど、最初のころと比べてすごくうまくなったね。なんだろう、ノッてきた感じ？」

「ありがとう。最新の部分は、書いていて結構楽しかった」

「だろうね。――でもさ、このあとの展開はどうするの？　悪夢王のことは倒しちゃったじゃん。幽霊兵も全滅したし。敵がいなくなっちゃったけど、これでハッピーエンドっていうのは一冊の分量に足りないよ。それに、ユメって六巻であんまり鍵開けしてなくない？」

「それなんだけど、悪夢王を倒したところは、クライマックス第一弾なの」

わたしが言うと、琴羽ちゃんの目がきらんと輝いた。

「鍵開けはここからってわけ？」

「もちろん。それにやっぱり、ここまで引っ張りつづけておいて、魔法女王になんにも物語がないっていうのは、つまらないと思うんだよね」

琴羽ちゃんがぱちぱちとまばたきする。

「……たしかに」

腕を組んだ琴羽ちゃんが唸《うな》るように言う。

「そういえば魔法女王って今のところ、何の情報もないよね。女王っていうくらいだから女性なんだろうけど、年齢もわからない。ただ、レグランド王国の平和を司《つかさど》っていて、いつも城にいて、今は悪夢に閉ざされてるってことしか読者もユメも知らないよ。一巻から、名前はくどいくらいに出てるのに」

「その魔法女王を救出するところを最後の鍵開けにして、本当のクライマックスにしたいんだ」

「悪夢王を倒したから、もう悪夢から醒《さ》めてるんじゃないの？」

「そんなにうまくいかないと思う。それに、これで勝ったと思ったけど、まだ勝ち確定じゃないっていうときって、わくわくするでしょ？　そういう感じにしたい」

「たしかに。きっと盛り上がるよ。いいアイディアだと思う」

琴羽ちゃんの目が輝く。納得してくれたらしい。

「じゃあ結芽っち的にはもう、最後の鍵開けの内容は決まってるの？」

聞かれて、思わず目を逸《そ》らす。「結芽っち？」琴羽ちゃんが首をかしげる。

「……全然決まってない」

悪夢王を倒すところは、書いていて楽しかった。物語の世界に飛んだとき、イェリルが戻ってきてくれて、これだ！　と思ったし、書いているときは自分の心まで鼓舞《こぶ》されるようだった。悪夢王との戦いでユメは、ヒューゴともイェリルとも、本当の仲間になれたような気がする。

だけどわたしはどうやら、持てる力を全部そこにつぎ込んでしまったらしい。

「脳みそがカラッカラに干上《ひあ》がって、もうなんにも考えられない」

「実力テスト、大丈夫だった？」

「全然大丈夫じゃなかったから聞かないで……」

さすがに赤点ではないと思いたいけど、今回のテストの結果はお母さんには見られないようにしないといけない。気持ちが一気にどんよりしてきて、わたしは机に突《つ》っ伏《ぷ》した。

「テストも全然だめっていうか最悪だったたし、鍵開けでもう一回盛り上げたい気持ちはあるけど、ユメが魔法女王を助けるためにどういう鍵開けをするのか、まったく思いつかないんだよ」

「まあまあ、なんとかなるって。一緒に考えようよ。それに、またシリーズを読み返したら、なにか思いつくかも」

「もうだめな気がする」

「そうは言っても結芽っち、ここまで書けたじゃん。あとちょっと、ここからの展開でユメの旅に決着がつくんだよ」

そう言われて、そうか、と思った。愛してやまない物語の終わりに指先が触れていることに、ようやく気付いた。

もうすぐ終わるのだ。わたしを救った、ユメの物語が。ほかのだれでもない、わたしの手によって終わりを迎えようとしているのだ。

「決着って思うと、さびしいね」

顔を上げてわたしは言った。琴羽ちゃんが「まあね」と頷く。

「でも、ここまで来たら放り出せないじゃん？」

「たしかに。わたしたちも、ユメも、すごく頑張ったもん」

「ヒューゴとイェリルも、スタンレーさんも、シエラさんもだよ」

その通りだ。みんな一緒にここまで来たんだ。胸があたたかくなって、わたしは思わず笑った。

「あとちょっと頑張ろう」

胸の前で握ったこぶしを、二人でぶつけ合う。なんだか体育会系の人になったみたいでおかしくて、少し笑った。

他の部員たちが興味ありげにわたしたちを見ているのが視界の端に映ったけど、ほんのちょっとも気にならなかった。


「結芽、テストどうだった？」

　数日後。仕事から帰ってきたお母さんは、開口一番そう尋ねた。わたしは動揺のあまり心臓が一瞬止まったかと思った。

「テ、テスト？」

「そう。夏休み明けの実力テスト」

　にっこりと、恐怖を感じるほど凪《な》いだ表情でお母さんが微笑《ほほえ》む。わたしが思わず目を逸らすと「結芽？」と威圧感のある声で呼ばれた。

「さっき先生から電話がかかってきた。今日、返却されたんでしょう。持ってきなさい」

「……全部？」

「もちろん全部」

　もう逃げられない。

　わたしはお説教を先延ばしにするためになるべくゆっくりと部屋に戻り、厳重に隠しておいた返却されたばかりのテストを取り出して、お母さんに渡した。

「なにこれ」

「……テストです」

お母さんが特大のため息を吐《つ》く。

国語が五十一点、社会科が四十八点、理科が三十二点、英語が三十九点。それから、数学が二十七点。

「お母さん、高校のときだって赤点なんて取ったことないよ」

「……はい」

「言い訳は？」

「ありません」

お母さんの顔を見られない。だけど、ものすごく怖い顔をしていると、つむじのあたりから感じる圧でわかる。お母さんはまたため息を吐いた。わたしは成績がいい方じゃないけど、ここまで悪い点を取ったことはなかった。前回のテストからの落差が大きすぎる。怒られるのも当然だ。

「どうしてこんなことになったの？」

言い訳をしたら怒るくせに、お母さんは理由を求める。

なぜこんなにひどい点を取ったか、その理由は『鍵開け師ユメ』の六巻を必死になって書いていたからだけど、それを言ったら火に油を注ぐだけだろう。

「どうしてこんなことになったの？」

お母さんはまた同じ質問をする。理由を答えるわけにはいかないから、「ごめんなさい」と言うことしかできない。

「あのねえ、お母さん知ってるのよ。結芽、夏休み前からずっと、小説を書いて遊んでたでしょう」

思わずわたしは顔を上げた。バレていたのか、という驚きが半分、遊びなんかじゃない、というむかつきが半分だ。

「どうなの？」

「……お母さん、なんでそのこと知ってるの？」

「ちょっと前にお父さんから聞いたの、最近は会うたびに、小説の相談に乗ってたって。そういえば近頃部屋に籠《こも》っている時間が増えたし、そのわりに勉強してるって感じもしないし、実際テストはこんな点数だし……」

だれにも言わないでって言ったのに。お父さんの口の軽さにがっくりくる。お母さんは一回目と二回目よりさらに大きなため息を吐いて、髪をかき上げた。ものすごく怒っているときの仕草だ。

「勉強を放り投げて、小説なんてためにならないもの書いて、そんなんでいいと思ってるの？　結芽って、やるべき努力をしていないと思う。補欠合格だったから、ただでさえ学校のほかの子より出遅れてるんだよ？　高等部に進学できなくなってもいいの？」

「よくないです」

「でしょう？　そんな風に遊んでばかりいて、自分の世界だけ優先してると、おばさんみたいになっちゃうよ」

さっきまでしょぼくれていた心に、びり、と亀裂《きれつ》が入った気がした。その衝撃で火の粉《こ》が立って、怒りの炎が燃えはじめる。

わたしは、おばさんのアパートの部屋を思い出した。駅から離れた、狭くて古いアパートの、本であふれた部屋。友達や恋人がいた気配もない彼女の人生は、たしかに孤独と言えるものだったかもしれない。

だけど、おばさんは――イズミ・リラは、彼女の世界の主《あるじ》だった。

イズミ・リラが書いた物語のことも思った。『鍵開け師ユメ』シリーズを、それより前の作品を。消えてしまいたいわたしを現実から逃がして、守ってくれた、宝物のような物語のことを。

「おばさんみたいになれるなら、なりたいよ」

声が震える。泣きそうだ。でも悲しいんじゃなかった。

表現しきれない怒りがあふれて、奥歯が鳴る。

「イズミ・リラみたいになれるなら、なりたいよ!!」

突然わたしが怒鳴《どな》ったせいか、お母さんは一瞬怯《ひる》んだような顔をした。

「……イズミ・リラ？」

「『鍵開け師ユメ』シリーズの作者だよ。おばさんは本当は作家なの。あの人はわたしの恩人で、神様みたいな人だよ!!」

わけがわからないという顔をしたお母さんが、ああ、とでもいうように頷いた。怒っているというより、呆《あき》れた表情になる。

「『鍵開け師ユメ』って、小学生のころに読んでた児童書のこと？」

「今だって読んでるもん」

「まだそんなに幼稚《ようち》な本を読んでるの？　あれ、せいぜい四、五年生向けでしょう。もう中学生なんだから、どうせ読むならもっとまともな本を読みなさいよ」

「まともな本ってどんな本？　古典でも読めばいいの？　それとも自己啓発本とか新書とか？　『鍵開け師ユメ』がまともな本じゃないって、なんで言えるわけ？　一ページだって読んだことないくせに！」

「親に向かってなんですかその口の利《き》き方は！」

「今、親に向かって話してない。わたしが好きな人と物語を侮辱《ぶじょく》する人に抵抗してるの！　わたしは『鍵開け師ユメ』があったから、小学校でいじめられても平気だった。わたしを救った本がまともな本じゃないなら、この世にまともな本なんて一冊もない！」

「いじめって……、ただちょっと仲間外れにされただけじゃない」

「いじめだった」

怒りが、おでこのあたりに熱く集まってくる。お母さんが、あ、まずい、みたいな顔をして、そのことに割増で腹が立つ。

「いじめだったよ。お母さんが知ろうとしなかっただけで」

テーブルに置かれたスマホをひったくり、玄関に向かう。

「ちょっと結芽！」

お母さんに呼び止められたけど、振り向かなかった。

外に出た瞬間、鍵を持っていないことに気付いた。でも家に戻るのは癪《しやく》だった。わたしはそのままマンションのエレベーターに飛び乗った。


考えなしに飛び乗った電車の走行音をぼんやり聞いていると、手の中のスマホがぶるぶる震えはじめた。お母さんからの電話だ。わたしはすぐに、お母さんの番号を着信拒否した。LINEもブロックした。話なんてしたくないし、声も聞きたくないし、メッセージだって読みたくない。液晶に表示される「お母さん」という文字すら見たくなかった。

電車に揺られ、人がたくさん降りる駅でとりあえず降りて、目についた路線に乗り換え、また適当なところで降りる。しばらくそうしていればどこか遠い、知らない場所へ行けるような気がしたけど、不思議なことに辿《たど》り着いたのはお母さんとも琴羽ちゃんともときどき遊びに来る、少しも物珍しくないし新鮮味もない、よく知った駅だった。もうちょっと電車に乗ってみようかとも思ったけど、ＰＡＳＭＯの残高が心もとない。

ためしに駅の外に出ると空は真っ暗で、街は人でごった返していた。大勢の他人とネオンのきらめきを見ているうちに、心細くなっていく。昼間なら何度も来たことがあるけど、夜になってから来るのははじめてで、まったく知らない場所に思えた。知らない場所に行きたかったのに、知らない場所にいる不安の大きさに打ちのめされる。

じっとしていると、家出っぽさが増してしまいそうだ。補導されたら面倒くさい。そう思ってとぼとぼ歩き出したら、足が勝手に書店に向かっていた。ごみごみしていて、雑多で、人だらけの街に、わたしのテリトリーはそこしかない。

駅からほど近い大型書店に入ると、圧倒されるほどたくさんの本に出迎えられる。イズミ・リラの部屋とはまた違う、これからだれかに買われ、読まれる本がそわそわと出番を待っているにおいがした。

昼間と比べてサラリーマン風の人が多い。わたしはそれを横目にエスカレーターに乗って、文芸書の階に上がり、新刊をチェックした。最近注目している作家の新作が出ている。

帯に書かれたあらすじもおもしろそうだ。ほしいな、と思ったけどお財布を持ってきていないし、ＰａｙＰａｙにも九百円くらいしかチャージされていない。諦《あきら》めてもとあった場所に本を戻し、単行本と文庫本の売り場をゆっくり一周した。またエスカレーターに乗って児童書売り場を目指す。

そういえば『鍵開け師ユメと旅のはじまり』を買ったのは、この書店だ。家の近くで探しても見つからなくて、大きなお店ならあるはずだとお母さんに頼んで連れてきてもらったのだ。税込み千五百四十円は、一ヵ月のお小遣いが千円の当時のわたしにとっては大金だった。だけど、どうしてもほしかったから、しばらく節約生活をして、たくさんお手伝いをして、貯《た》まったお金でようやく買った。手に入れた『鍵開け師ユメと旅のはじまり』は、どんなものよりも大切にしようと思えるほど、輝いて見えた。

児童書売り場には知らない本がたくさんあった。わたしが小学生のころとは流行が変わっているらしい。途中で読むのをやめてしまったシリーズの最新刊も出ていて、表紙では新キャラが主人公と一緒に笑っていた。

『鍵開け師ユメ』シリーズは、本棚の一番下の段の隅に、一巻と四巻だけがひっそりと並んでいた。二巻と三巻は、探しても見つからない。

そのせいかどうかはわからないけど、わたしの気持ちは奈落《ならく》の底に転がり落ちるように暗くなっていった。

作者死亡で未完となる『鍵開け師ユメ』シリーズは、これから少しずつ書店から消えていくだろう。イズミ・リラが書く物語の素晴らしさが、今より広く知られることはきっともうない。わたしがこれから『鍵開け師ユメ』について語り合える人は、琴羽ちゃん以外に現れるのだろうか。現れないだろうな。そう思うと、この世界には希望なんてひとつもないように思えた。

バッテリー残量が三十パーセントを切ったスマホで時間を確認すると、二十時近い。お母さんはきっと心配しているだろう。だけど、帰りたくない。かと言って行く場所もない。

「あれ？　結芽さん？」

暗い気持ちで本棚の前にしゃがみ込み、『鍵開け師ユメ』の背表紙を見つめていると、横から声がかかった。のろりと見上げた先では、オシャレな丸メガネの倉森さんがこちらを窺《うかが》っている。

「どうしたんですか、こんな時間に」

不思議そうに聞かれて、わけもわからずに涙があふれてきた。

「落ち着きましたか？」

飲み物のマグカップをふたつ載せたトレーを持ってテーブルにやってきた倉森さんは、やさしく尋ねた。それに、わたしは小さく頷いた。

夜のスターバックスは、昼間や夕方と雰囲気が違った。いつもより都会的で、大勢の人がいるのに、みんなひとりぼっちみたいに見える。ガラス張りの店内の向こうにある街の喧騒《けんそう》が、ひどく遠く思えた。

「ココアとカフェモカなんですが、どっちがいいですか?」

「えっと、ココアで」

倉森さんはわたしにココアを差し出して、自分も席に着いた。生クリームがたっぷりのった甘くてあたたかいココアは、体にも心にもじんわりと沁《し》みた。うっかりまた泣きそうになったけど、ここでわたしが泣いたら倉森さんが困ると思って、意地で涙を引っ込める。

「ずばり聞いて悪いんですが……」

カフェモカのマグカップを傾けて一口飲み、倉森さんはちょっと遠慮がちに、

「家出中ですか?」

と質問した。意外とぎくり、とも、どきり、ともしなくて、わたしはまた、小さく頷いた。「なるほどなるほど」深刻さのかけらもない声で、倉森さんは言う。わたしの状況をおもしろがっているようにさえ見えた。

「怒ったり、家に帰れって言ったりしないんですか?」

「僕には怒る理由がないし、家に帰れと言われて素直に帰るようなら、家出なんてしないじゃないですか」

「まあ、そうですけど」

「それに、家出先が大型書店というのは、とてもセンスがいいと思います」

「……家出先にセンスってあるんですか？」

「ゲームセンターとかよりも安全だし、いくらでもほかの世界に繋《つな》がれる場所というのは、しんどいときにはぴったりだと思いませんか？」

変わったことを言う人だと思って、気持ちが少しゆるんだ。倉森さんの言うことはすんなりと腑《ふ》に落ちる。駅を出たわたしが書店に吸い込まれていった理由が、明確になるようだ。

「家出の理由、聞いてもいいですか？」

「少しもおもしろくないですよ」

「児童書の編集をしているので、読者と近い年齢の方が考えていることというのは、知りたいですね」

その口調に嘘はなさそうだった。わたしを心配しているというより、本当に興味本位で聞いている感じがする。その態度が気楽に思えて、わたしはぽつりぽつりと、お母さんとの喧《けん》嘩《か》のことを話した。話したら思い出して腹が立つかと思ったけど、そうでもなかった。

「結芽さん、『鍵開け師ユメ』のつづきを書くのをそんなに頑張っているんですね」

わたしの話を聞いた倉森さんの第一声は、それだった。あまりに嬉《うれ》しそうな声とにこにこした表情に、気が抜ける。

「前に会ったときの友達に協力してもらいながら、ちょっとずつ書いてるんです。今、たぶん全体の四分の三くらいまで来ました」

「そこまで書いたなんて、素晴らしいことですよ。中学生の世界というのは、ほかにもたくさん、おもしろくて興味をそそられるものがあるでしょうに」

「そういうものもなくはないけど、やっぱり『鍵開け師ユメ』が一番おもしろいです。わたしの世界には、ユメだけなんです」

子どもっぽいこだわりだとわかっている。そもそも中学生が小学校中学年向けの児童書を熱心に愛読するのは、普通じゃない。そう思っているから、わたしは文芸部のほかの部員たちに『鍵開け師ユメ』シリーズを紹介できないのだ。まともな本じゃないと言われてものすごくむかついたのは、心のどこかで、わたしがもう『鍵開け師ユメ』の対象読者ではないとわかっているからかもしれない。

わたしがここまで物語のつづきを書けたのは、『鍵開け師ユメ』が好きだからだ。それ以上に、イズミ・リラや物語に救われた十歳のわたしに、十四歳になってもまだ『鍵開け師ユメ』が大好きなんだと言い張りたいからだ。

本当は、だれにも、琴羽ちゃんにすら言ったことがないけど、『鍵開け師ユメ』の世界は小学生のころみたいにあざやかに見えなくなってきている。もっとはっきり言えば、ちょっと物足りなくなってきた。わたしの世界にはユメだけ。その言葉は、そろそろ嘘になろうとしている。

そのくせほかの本を読んで『鍵開け師ユメ』よりもおもしろくないと感じると、不思議なくらいほっとする。よかった、わたしの一番はまだユメだ。そんなことを、少しだけ思う。

「結芽さんがそう思うなら、それが今のあなたの真実なんでしょうね」

倉森さんは笑いも否定もせずに言った。わたしの意見をふんわり受け止めて、軽く頷きながらカフェモカのマグカップを傾ける。

「だけどいつか絶対、結芽さんはもっとおもしろいと思う本を読むし、もっと好きだと思う人やものに出会いますよ。イズミさんも、自分が書くものは読者の通過点だと言っていました。どれだけ好きだと思っても、読者はみんなイズミ・リラの物語を卒業するんだと。それについては僕も概《おおむ》ね同意なので、もし新しい出会いがあったら、イズミさんに義理立てせずに、おもしろいとか好きだとか思う自分を素直に受け止めていただけると、本好きのおじさんとしてはとても嬉しいです」

「出会うの、絶対ですか」

「絶対です。中学生というのは、未来しかないと言っても過言ではありませんから。僕には高校生の息子がいますけど、未来と可能性の爆弾みたいでうらやましい一方、ときどき怖くなるくらいですよ。——だけど」

「だけど？」

倉森さんはマグカップを置いてわたしを見た。メガネが湯気で少し曇っていて、表情は完璧にはわからなかった。

「これだけ愛してもらえたら、イズミ・リラはすごく幸せだと思います」


——自殺でしょ。


お母さんの言葉を思い出す。わたしは胸にたまった泥を次々吐き出すみたいに、イズミ・リラに自殺説があること、イズミ・リラがユメの物語にどんな結末を用意していたかがわからないことを、ぐちゃぐちゃに語った。きっと何を言っているかよくわからないだろうけど、倉森さんは静かにわたしの話を聞いてくれた。本当に小さく、揺れるみたいに頷きながら、わたしをじっと見て、相槌《あいづち》の言葉もはさまずに。

「これは結芽さんが話してくれたことのどちらにも言えることだと思いますが、物語の解釈というものは、ひとつではないと思います」

わたしがひと通り喋《しゃべ》り終えてから、倉森さんは慎重に言葉を選ぶように、ゆっくり語り出した。

「たとえば一冊の本があったとします。だけどそれは、十人の読者が読めば十通りの解釈が生まれ、十通りの意味を持った物語になると僕は思います。当然、百人いれば百通り、千人いれば千通り。似ているものがあったとしても、まったく同じ解釈というものは存在しないかと」

「どういうことですか」

「うまく言えないんですが、結芽さんが答えと思うものは結芽さんが好きに決めていいんじゃないですかね、ということです」

頭ではよくわからないのに、心がわたしの首を縦に振らせた。倉森さんは、よし、という風に軽く微笑んだ。

「ところで『鍵開け師ユメ』の六巻ですが、最後まで書けたら僕にも読ませてもらえませんか？」

予想外の言葉に、視線が上を向く。「もしよかったらでいいですけど、僕もあの物語のつづきを読みたいんです」倉森さんの目が、メガネの奥で細くなる。

「わかりました。……最後まで書けるか、わかりませんけど」

わたしは小さく答えた。書き上げられる自信は、あるような、ないような、微妙なところだった。その微妙なラインを「ある」に少し寄せるように、倉森さんは言った。

「楽しみにしていますね」

倉森さんと別れてから、わたしはしぶしぶ家に帰った。足取りは足首に鉛が付いているくらいに重かったけど、着実に家に向かった。時間を潰《つぶ》せる場所ならいくつか思いつくけど、朝までいられる場所は知らないし、ずっと家出をつづける勇気も根性もお金もなかったからだ。

玄関の鍵は開いていた。廊下の向こうのリビングから、お母さんが「おかえり」といつものように言う声が聞こえる。怒られると思っていたから拍子抜《ひょうしぬ》けして「ただいま」と返事をしてリビングに向かった。

「イズミ・リラ、スマホで調べたよ」

ダイニングテーブルに肘《ひじ》を突きながらお母さんは言った。

「大人気とかではないみたいだけど、思ったよりもいろいろ本を出していたんだね。著作があれこれでてきて、びっくりしちゃった」

「大人気じゃなかったとしても、わたしは好き」

そう言って一度自分の部屋に入った。クローゼットのなかに隠しておいた、ファンレターを詰《つ》め込んだお菓子の箱を持って、リビングに戻る。

「それなに？」

「イズミ・リラ宛《あ》てのファンレター。遺品整理のときに、こっそり持って帰ってきたの。捨てちゃうのは申し訳ないと思って」

お母さんがお菓子の箱を覗き込む。

だれかにとっての選《え》りすぐりのレターセットが、箱の中にいくつも入っている。幼い子どもの字で、住所と宛名が丁寧《ていねい》に書かれてある。

「姉さんはね、自分の世界に没頭してばかりで、少し危なっかしい人だった」

ファンレターを一通手に取って、お母さんは言った。

「おばあちゃんの家、キッチンだけ新しいでしょう？　あれはね、昔姉さんが小火《ぼや》を起こしたせいなの」

「……小火？」

聞き返しながら、おばあちゃんの家を思い出す。たしかに築五十年近い家なのに、キッチンだけは機能的できれいだ。

「高校生のときに、姉さんが一人で留守番をしていたんだけど、本を読みながら料理をしていたんだって。それで火の不始末があったの。家に帰ったら消防車が来ていてびっくりしたよ。原因が姉さんだってわかって、近所の人がすごく不安がってね。もともと、姉さんは愛《あい》想《そ》がないちょっと不気味な子だと思われていたから、なおさら。町内でもあれこれ噂《うわさ》されれて、おばあちゃんは小火のせいでうちの評判が下がると思い込んだ。それが、泉美のせいで、になるのはあっという間。もとからそんなに相性がいい親子ではなかったけど、小火をきっかけにはっきり不仲になったと、わたしは思ってる」

　お母さんはそう言うとファンレターを封筒から取り出した。便箋は四枚も入っている。筆圧が強いから、裏側からでもびっしりと文字が書かれていることが窺えた。

「わたしも、姉さんのことを暗くて気味が悪い人だと思ってた。小火のことは学校でも噂になって、本当にうんざりした。華やかな女の子で通っていたのもあって、陰気な姉がいると知れ渡るのが嫌だったの。だから当てつけみたいにおばあちゃんの肩を持つようになったんだ。おじさんも日和見《ひよりみ》だからおばあちゃんの味方。おまけにそのころはおばあちゃんのお母さんもまだ元気でね、お婿《むこ》さんのおじいちゃんは立場が弱いせいであまり口をはさめなかった。それで、そのあと……自殺未遂があったの」

　なんとなくそんな気はしていたから、衝撃的な単語が出てきても驚かなかった。

「おばさん、そのころからリストカットしてたの？」

　わたしが尋ねると、お母さんはバツが悪そうな顔をした。

「ごめん。おばあちゃんと話してるの聞いちゃった」

「いいのよ、そういうのは聞こえるように喋る大人が悪いから。――姉さんはもともとちょっと不安定で、中学のときから軽い自傷癖《じしょうへき》みたいなものがあったけど、小火のあとにいつもより派手なリストカットをした。それをたまたま見つけたおじいちゃんが、びっくりして救急車を呼んだの。命にかかわる傷ではなかったんだけど、ちょっと言動が落ち着かない部分もあって、姉さんは少し入院することになった。一連のことが、また近所で噂になってね。おばあちゃんは、家の名前に傷がついたと思ったみたい。

退院後は姉さんも落ち着いて、大学進学で家を出て、しばらくは平穏だった。進学先が国立の名門だったから、おばあちゃんも姉さんを見直したみたいに感じたな。ご近所に自慢していたくらいよ。ただ、あの人は大学三年生の終わりごろに勝手に大学をやめた。どうしてやめたのか、おじいちゃんとおばあちゃんがいくら聞いても、やりたいことがあるとしか答えなかった。おじいちゃんはそれなら好きなようにしろって言ったけど、おばあちゃんは許さなかった。娘が大学中退なんて、本村家のメンツにかかわる、もう帰ってくるなって言ってね。わたしも、おばあちゃんの味方をした。今思えば過剰なくらいに。姉さんがやめた大学はわたしが不合格だったところで、その学歴を捨ててまでやりたいことがあるっていうのが心底うらやましくて、悔《くや》しかったんだ。わたしには、やりたいことなんて、ひとつもなかったから。いや……本当は、だれかにばかにされたり笑われたりするのが怖くて、やりたいことをやりたいと思わないようにしていたのかな」

「お母さんのやりたいことってなんだったの？」

「わからない」

わたしの質問にお母さんは答えた。それから小さくため息を吐いて、「気付いたら、わからなくなっちゃった」とさびしそうに笑った。

「あえて言うなら、他人から認められたかった。だから、なにが自分の望みかじゃなくて、自分にある選択肢のなかで一番強い、他人に認められそうなカードを選び取りながら生きてきたような気がする。そういう選択を後悔しているわけではないし、ひとり親でもお金に困らず、結芽と暮らしている今を誇りに思ってる。だけどやっぱり、ある種のロマンを追える人はうらやましいよ。それが、とっても勇気が必要なことだってわかるから。おばあちゃんも、どの程度自覚しているかはわからないけど、多少は同じことを感じてるんじゃないかな。結芽が今までおばさんのことを知らなかったのは、わたしたち家族がみんな、あの人と向き合うことで自分が脅《おびや》かされるような気がしていたからかもしれないね」

わたしはお母さんの前の席に座った。頷いたり、相槌を打ったりはしなかった。

「そうやって、心の奥で悔しいって思っていたからかな。姉さんの遺品整理に行って、その暮らしぶりを見たときに、ちょっとだけ、勝ったような気持ちになった。あの人、こんなに古くて小さい部屋で、本に囲まれるだけのひとりぼっちの生活をしていたんだ、わたしとは全然違う、わたしのほうがずっといいって、思ってしまった。だけど、そういうのって勝ち負けじゃないよね」

そう言ってお母さんは、ファンレターをひらりと振った。

「すごいなあ、こんなにファンレターをもらうなんて。わたし、ラブレターならもらったことあるけど、幼稚園のころに一通だけだよ」

薄いベージュのネイルを塗った指先で、便箋を丁寧に折りたたむと、封筒に戻した。

「あのね、結芽。ほかにどれだけやりたいことがあっても、勉強はきちんとしなさい。学生の本分は勉強だし、十代のうちにきちんと勉強するのは、これからどんな人生を選ぶとしても、一番効率がよくて確実な努力だから」

「うん」

「赤点は論外」

「わかった」

「それから、書いてる小説も、せっかくはじめたなら終わりまでしっかり書きなさい」

予想外の言葉に反応が遅れて、わたしはびっくりしながら「う、うん」と何度か頷いた。

「どんな小説を書いてるの？」

「『鍵開け師ユメ』シリーズの最終巻。今年発売予定だった五巻の原稿はイズミ・リラのパソコンから出てきたけど、最終巻のデータがなかったから。琴羽ちゃんと協力して書いてるんだ」

「ふぅん。書き終わったら読ませてくれる？」

「やだよ。お母さん『鍵開け師ユメ』読んだことないじゃん」

「読むから。姉さんが書いた小説って、興味あるしね。そうだな……今度の週末に読む。貸してよ」

「それならいいよ。お母さんたぶん、おばさんのこと見直すと思う」

「どうかな。お母さん、辛口評価だから」

お母さんはそう言うと、ちょっと大げさに肩をすくめた。


お母さんに貸すならしばらく読めなくなるかもしれない。そう思って、わたしは寝る前に本棚から『鍵開け師ユメと旅のはじまり』を引き抜いた。読み返す前に、表紙に描かれたユメの姿をそっとなでる。

一巻の帯には、「その勇気が、扉を開ける鍵になる！」と書かれている。その裏には表紙側よりも小さな文字で「王国を救うのはすべてを解き放つ鍵開け魔法。十四歳の冒険、開幕」とあって、わたしはこの文章を読むたびに、本を手にした当時のことを思い出す。

友達がいない、ひとりぼっちの小学四年生だったわたしは、あれからどれだけ変わっただろう。背が伸びたし、体重も増えたし、髪だって長くなった。だけど見た目よりももっと、見えないところが変わったはずだ。その変化は自分ではよくわからないけど。

——自殺でしょ。


また、お母さんの言葉が脳裏によみがえる。

さっきお母さんと話しているときに、「やっぱり、おばさんは自殺だと思う？」と聞くことはできなかった。これまでの話よりも一歩、繊細な部分に踏み込むことになるからだ。なにより、お母さんの口から「自殺だと思う」という言葉を聞くことになりそうで怖かった。お母さんが話してくれたことで、わたしのなかで少しだけ、本村泉美の輪郭が鮮明になった。イズミ・リラという視点からの情報しかなかったものに、お母さんから見た姉という姿が加わった。

だけどそれは、本村泉美のごく一部でしかない。

まだ光が当たっていない部分の方が圧倒的に多くて、だけどわたしは、その暗い部分に当てる光を持っていない。

おばあちゃんにも話を聞いてみようか。それから、おじさんとか？

そう考えたけど、正直なところ実のある情報を得られるとは思えない。おばさんの死や人生について言葉を交わせるほど、おばあちゃんともおじさんとも信頼関係がないのだ。きっと、ふたりはお母さんのように丁寧な言葉で、ごまかしなしに語ってはくれない。

イズミ・リラの――本村泉美の死は、事故か、自殺か。

わたしはファンレターが入ったお菓子の箱を開けた。中から、黄色の花模様にシルバーの箔《はく》が押してある、豪華な封筒を探し出す。

小学五年生のとき、『鍵開け師ユメ』シリーズの二巻が発売された直後にわたしが出したファンレターだ。

便箋を取り出して開く。そこにはお気に入りだったラメ入りのボールペンで書かれた幼い文字が並んでいる。

物語のつづきを、ずっとずっと、楽しみに待っています。

そうやって、長文の手紙は締めくくられる。

あのころと同じだけ、いや、もしかしたらもっと強い気持ちで、わたしはイズミ・リラが書く『鍵開け師ユメ』シリーズのつづきを求めている。結末を待ち焦《こ》がれている。

頭をよぎるのは、パソコンの中に眠っていた五巻のラストだ。

さあ、次の巻も読んで。

この物語の結末を知って。

そう読者に語りかけるような、つづきを読ませるためのラストシーン。

「……イズミ・リラ」

わたしは、会ったことのないおばさんに、愛する物語の作者に、心の底で問いかけた。

あなたは本当に、あの物語を投げ出して死を選んだの？

「ユメ、鍵開け魔法はまだ使えないのか？」

牢屋《ろうや》のすみからヒューゴが尋ねます。ついさっきまで牢屋番を相手に戦っていたせいで、ヒューゴのマントはところどころが破れ、土埃《つちぼこり》まみれになっています。

ユメは胸元から取り出した懐中時計を確認しました。時刻は朝の六時前。前に鍵開け魔法を使ったのは、昨日の夕方のことです。

「まだ一日経《た》っていないもの。使えないわ」

「俺たちの処刑は朝一番だぞ。うかうかしていたら殺されちまう。試すだけ試してみろよ」

ヒューゴがうんざりした調子で言いました。「だめなものはだめよ」ユメは首を横に振ります。

「わたし、鍵開け魔法はまだ一日一回しか使えないんだもの」

とは言っても、ヒューゴの言う通り処刑は今日の朝一番。もう時間がありません。鉄《てつ》格子《ごうし》の向こうでは、悪夢に操《あやつ》られた牢屋番が「死刑ッ！　死刑ッ！」と歌い踊っています。その歌声は調子外れに明るくて、ユメを苛立《いらだ》たせました。イライラしてくると、つられて悲しくなってきます。

「わたしって、ほんとに役立たず。唯一の取《と》り柄《え》すら、ほんのちょっとしか使えないなんて」

がっくりと落とした肩が、一秒ごとに重くなります。処刑の時間も、一秒ごとに近付いていて、気持ちは焦るばかりです。

（おじいちゃんなら、こんな牢屋くらい簡単に破れるのに。王国を救うなんて、やっぱりわたしにはできないんだわ）

ユメは泣きたくなりました。たいして好きでもない故郷の村での暮らしが、恋しくてたまりません。

ここで死ぬんだろうか、処刑っていうのはやっぱり、ものすごく痛くて苦しいんだろうか。そういうことばかり考えてしまいます。

「そんなこと言うなよ！」

気持ちがどん底まで落ちかけたそのとき、ヒューゴが大きな声で言いました。

「信じる心が魔法の基本だろ」

ヒューゴが立ち上がります。

「打開策を考えろ。俺も考えるから」

そう言って肩を摑まれて、ユメの気持ちは少しだけ上を向きました。

「おまえがおまえを信じないと、なにもはじまらないんだよ」

頑張らなければ。ここから出なければ。

ユメはヒューゴに向かってうなずきました。

(弱気になってる場合じゃないわ。わたしにしか、できないことがあるんだもの)

大丈夫。そんな気持ちが、少しずつ心に沸《わ》き起こってきます。

(大丈夫、きっと大丈夫。まだ道はあるわ)

ユメはそう考えなおしました。さっきまでの弱気はどこかへ消えていったようです。

自信を持つんだ。ユメは自分に言い聞かせました。

だってユメは、このレグランド王国を、魔法女王を救うことができる、唯一の鍵開け師なのですから。


第五巻『鍵開け師ユメと王都の悪夢（仮）』第九章より

第五章 物語のつづきは

それぞれにオムライスとハンバーグセットを注文したところで、わたしは改めてお父さんを見た。今回はこっそり会うんじゃなくて、もともと決められていた半年に一度の面会だ。

「なにか、わたしに言うことあるんじゃないの？」

それを聞いたお父さんはげんなりした顔をする。

「結芽、ちょっとお母さんに似てきたな」

「親子だもん、当然似るよ。それで？　わたしに言うことあるんじゃない？」

「……髪切った、とか？」

「切ってない。小説のこと、お母さんにばらしたでしょ」

お父さんは一瞬きょとんとしてから「ああ……」と目を逸《そ》らした。

「お母さんに怒られたときに、ちょっとだけ話したような」

「なんで話したわけ？　内緒にしてって言ったのに！」

「そうだっけ？」

「そうだよ！」

わたしはお父さんに向かって身を乗り出した。だけどお父さんは「おばさんが小説家だってことは言ってないぞ」と悪びれもせずに弁解する。

「そこだけじゃなくて、全部黙っててよ。まったく……」

離婚してもうずいぶん経《た》つから、お父さんはお母さんのロマン否定主義を忘れてしまったんだ。なによりこんなに口が軽いなんて、これからはお父さんに秘密を話すのはやめよう。

「それで、執筆は順調か？　もう、四ヵ月くらい書いてることになるけど」

「ボチボチ」

わたしは答えた。

悪夢王を倒した一行は今、魔法女王が眠る城を目指している。そこでどんな鍵開けがユメを待っているかが、この先に控《ひか》える難関だ。

昨日は、旅が終わったあとのそれぞれの身の振り方をちらつかせるシーンを書き終わった。スタンレーとヒューゴは騎士団に戻る。きっと王国を救ったふたりは出世するだろう。シエラはこれからもスタンレーに雇《やと》われて働く。イェリルはレグランド王国を離れ、世界を知るための新たな旅に出ると決意した。

そしてユメは、生まれ育った村に帰る。

だれもユメに期待しない、たった一人の友達もいない村に帰る。

ユメの魔法はただひとつ、ソルムじいさんから受け継《つ》いだ伝説の鍵開け。それも一日に一度しか使えない。それだけしか力を持たないユメが、身ひとつで王都にやってきて新しい生活をはじめるというのは、わたしにとっては嘘《うそ》だった。

ユメは村に帰る。そこではだれもユメを特別と思わず、期待もせず、落ちこぼれだと思っている。だけどユメは自分の価値や力に気付いたし、なにより村の外の世界を知った。それだけでも旅の成果として充分だと、わたしは思う。

「今、どのへんなんだ?」

「最後の盛り上がりのちょっと手前くらい」

「いいなあ、一番楽しいところじゃないか。本当にそれだけ書き進めたなんて、おばさんもきっと喜ぶよ」

テーブルに料理が届く。わたしのオムライスは焦《こ》げ目ひとつないオムレツがたっぷり大きくて、デミグラスソースがたくさんかかっておいしそうだ。お父さんのハンバーグもげんこつみたいでボリューム満点だ。

「すごいね、おいしそう」

「会社の後輩に教えてもらったんだ。値段のわりに量があるし、良心的ないい店だって。なにより味もいいらしい。最近SNSでも話題なんだって」

その言葉に期待が膨《ふく》らむ。スプーンでオムレツを裂《さ》くと、つやのあるチキンライスがほろほろこぼれてきた。それをすくって一口食べる。

「まろやかですっごくおいしい」

「よかった。後輩に感謝しないとな」

お父さんもハンバーグを食べはじめる。「こっちもうまいぞ」と、切り分けたひとかけをくれた。

それから話題はわたしの学校のことになったり、お父さんが出張で言った北海道の話になったりした。オムライスを食べながら、わたしは今日お父さんに聞いてみようと思ったことを、どうやって切り出そうか考えていた。

「あの、さ」

オムライスが残り僅《わず》かになってから、ようやく口にした。

「おばさんなんだけどね、亡くなった原因は事故と自殺の両方の可能性があるって、警察は思ってたらしいんだ」

お父さんが神妙な表情でフォークを止める。

「お母さんがそう言ってたのか？」

「ううん。お母さんとおばあちゃんがこっそり話してるのを、夏休みに聞いちゃったの。赤信号を無視して原付で交差点に突っ込んでいって、トラックに撥《は》ねられたみたい。過失はおばさんにあるっていう判断だって言ってた」

わたしは、おばさんの生前の暮らしぶりも語った。駅から離れた小さな古いアパートの、本だらけの狭《せま》い部屋。きっと先行きが不安だったであろう生活。それに、長いあいだ心療内科にかかっていたらしいということ。遺体にはリストカットの痕《あと》があったこと。お母さんが、不安定な精神状態が記された日記を発見したということ。

「なるほどね」

小さく頷《うなず》きながらお父さんは言った。

「たしかに、事故とも自殺とも受け取れそうな状況だな。警察が言ってるなら、ブレーキ痕《こん》とかも調べたんだろうし」

「お母さんとおばあちゃんはね、自殺だと思ってるみたい」

客観的に見たら、お母さんやおばあちゃんみたいに乱暴に断定することはしなくても、どちらかというと自殺に思える状況だと思う。

だけど一方で、彼女は執筆に使うためのパソコンを新調したばかりだったし、完結していない物語を抱えていた。

自殺でも、事故でも、納得がいくのだ。

そしてわたしは、イズミ・リラが自殺したとは思いたくない。

「じつはな、お父さんの大学の同期にも、事故か自殺かわからない死に方をした人がいるんだ」

慎重にお父さんは言った。はじめて聞く話だし、そういう悲しい経験があるとは知らなかった。お父さんの大学時代のことは、楽しいエピソードしか聞いたことがないからだ。

「山登りが趣味のやつで、なかなかの上級者だった。そいつは、普通は立ち入らない危険なエリアで、崖《がけ》から滑落《かつらく》したんだ。自分の力を過信して山を見くびった結果の事故とも受け取れたし、死ぬために山に登ったとも受け取れたよ」

「結局、その人はどっちだったの？」

わたしは尋ねた。お父さんは何秒か黙って、小さく首を横に振った。

「わからない。少し前から悩んでいる様子はあったけど、遺書もなかったし、身辺整理みたいなことをした形跡もなかった。そうなったらもう、すべては死んだ本人にしかわからないことだと思う。死人に口なしって言うだろ？　本当のことは、だれにもわからないんだ」

イズミ・リラの死もお父さんの友達の死のように、永遠に真実を知りえない問題になるのだろう。だけどわたしは答えがほしかった。納得したかった。そう口には出さなかったけど、お父さんにはわたしの言いたいことが伝わったらしい。

「だからな、答えは自分で勝手に選ぶしかないんだ」

「……勝手に？」

「そう。お父さんはその友達は事故死だったと思ってる。ひょうきんなやつだったから、気分がよくなって、調子に乗って危険な場所まで行ってしまったんだろうなって。だけど共通の友達の何人かは自殺かもしれないと思ってる。だんだん、そういう風になっていくんだ。自分の心が納得する答えを自分で見つけて、自分が思い描くその人らしい答えをひとりひとりが見つけるしかなくなるんだと、お父さんは思うな」

わかるような、わからないような気持ちだ。「結芽にはまだ難しいかな」とお父さんは少し笑った。

「そんなに子どもじゃないよ」

「でも難しいだろ」

「まあ……簡単ではないけど」

お父さんは「ほらな」と言って付け合わせのポテトをつまんだ。

「ゆっくり考えればいいさ。途中で答えが変わっても、だれにも怒られないわけだしな」

秋が近付いている。部室に差し込む日差しが、前より少し低くなった。西日がきつい。窓《まど》際《ぎわ》に陣取るオタク部員たちが騒ぎながらカーテンを閉める声が、にぎやかに響く。

わたしと琴羽ちゃんはほかの部員から離れた机に『鍵開け師ユメ』シリーズ六巻の原稿を置くと、向き合って座り厳《おごそ》かに頷きあった。

「いよいよだね」

琴羽ちゃんが言う。「うん、いよいよだ」わたしも応《こた》える。

六巻の原稿は、あと数シーンを残すのみだ。

ユメは城に足を踏み入れた。これから魔法女王の悪夢を解く。レグランド王国に平和が戻り、仲間と別れる。あと少しで、物語が、ユメの旅が、わたしと琴羽ちゃんの夏が終わる。

「そういえば、六巻のタイトル決めた？」

分厚くなった紙束《かみたば》を捲《めく》りながら琴羽ちゃんが尋ねた。

「決めたよ」

琴羽ちゃんが期待に満ちた表情で、教えてと催促《さいそく》する。

「『鍵開け師ユメと魔法女王』」

わたしが答えると、琴羽ちゃんは感慨深そうに、だけどそれ以上にわくわくしているみたいに唸《うな》った。

「なにその声」

「めっちゃ最高の声。わたしね、こんなに結末を読むのが楽しみな小説、生まれてはじめてだよ」

「それなんだけど、ちょっと相談したいところが――」

「だめ」

琴羽ちゃんが慌《あわ》ててわたしの言葉を制する。

「だめ、なんにも言わないで。お願いだからネタバレしないで」

「えー、相談させてよ」

「絶対だめ。あとはもう、全部結芽っちが決めて」

琴羽ちゃんはいたずらっぽく笑う。ここまで楽しそうな琴羽ちゃんの顔は見たことがない。

「あのね結芽っち、わたしはね、結芽っちの相棒としてってていうのはもちろん、一人の読者として、結芽っちが書き継いだ『鍵開け師ユメ』シリーズの結末を楽しみにしてるの。言ってみれば、読者の最前列にいるんだよ。もう、楽しみで楽しみで仕方がないよ。たとえユメがどうなっても、結芽っちが書いたならきっと最高だって思う。絶対おもしろいって信じてる。イズミ・リラが書いた結末を読みたかったっていう気持ちはもちろんあるけど、今は、結芽っちの書く結末を読みたいの」

「なんかこそばゆいんだけど」

「わたしだってそうだよ。だけどね、言わなきゃって思うんだよ」

風が大きく吹き込んで、薄ベージュのカーテンが翻《ひるがえ》る。西日がゆらめきながらわたしたちを照らす。ほかの部員の笑い声が、遠い異国の言葉みたいに聞こえてくる。

ふと、今日のことを一生忘れないだろうと思った。

暗唱できそうなほど読み込んだ『鍵開け師ユメ』シリーズの展開を忘れても、もしいつか琴羽ちゃんと疎遠になってしまったとしても、今日、わたしが書く物語を信じていると琴羽ちゃんに鼓舞《こぶ》されたこの瞬間だけは、ずっとずっと、鮮明に覚えているはずだ。

「琴羽ちゃん、わたし頑張る」

自分に誓うより、琴羽ちゃんに誓うほうがきっと効果がある。

書かなくちゃ。

そう思って立ち上がる。

「帰ったら、さっそく書くよ」

「うん、頑張れ」

琴羽ちゃんも立ち上がる。六巻のこれまでの原稿は、わたしが持ち帰ることにした。

「すみません、今日はお先に失礼します」

ほかの部員に声をかける。顔を上げた部長が「お疲れー」と小さく手を振った。ノートに漫画のキャラクターを描き合っているほかの部員たちも、なんとなく会釈《えしゃく》をする。

わたしたちは部室を出て、オレンジがかったやわらかな光に包まれた廊下を駆け出した。

家に帰り、制服も脱がずにイズミ・リラのノートパソコンを立ち上げる。

ＰＩＮはもう打ちなれた。『リラの冒険』の主人公、リラの誕生日であり、物語がはじまる日。入力すれば「ようこそ」の文字が画面に浮かび上がる。

ファイルを開き文章を打ちはじめようとしたけど、思い立ってやめた。学校から持ち帰ってきた、六巻のこれまでの原稿を読み直す。


『鍵開け師ユメと魔法女王』


六巻のタイトルを心の中でたしかめた。

イズミ・リラなら違うタイトルを選ぶだろう。物語の展開だって、きっと大違いだ。

だけどわたしは選び取った。イズミ・リラが遺した『鍵開け師ユメ』シリーズのこれまでの物語を読み解いて、そこから繋《つな》がる物語を。ユメの旅の結末を。

夏のあいだ、ずっと時間をかけて書いていた物語は、自分が書いたということもあってあっという間に読み終わる。

物語のなかでユメは、一人で城に入ったところだ。

魔法女王を救う唯一《ゆいいつ》の力は、伝説の鍵開け魔法。ユメが鍵開け師だから王国を救える、そうでなければ彼女が旅をした意味がない。

ユメはがらんどうの城を進み、女王の部屋へ向かう。

悪夢王に勝っても、その影響がなくなったわけじゃない。悪夢の急拡大が止まっただけだ。

これからユメが鍵開け師として、王国と魔法女王を救い出す。

この先の展開――言ってみれば物語の答えは、すでにわたしのなかにあった。だけどそれはだれにでもわかる言葉で伝えられるほど明確ではなくて、わずかな迷いがある。答えが言葉になりそうで、文章になりそうで、その手前で渋滞を起こし、胸の奥に詰《つ》まっている。

再びキーボードに、そっと触れる。

指先はキーボードを沈める寸前で固まっている。


急逝《きゅうせい》した作者、イズミ・リラ。

わたしの居場所だった物語。

物語と向き合い続けた約四ヵ月。

間違いない、その総決算を前にわたしは怖気《おじけ》づいているのだ。

書き終えるのが怖い。答えを出すのが怖い。

この物語が終わってしまうのが、さびしくてたまらない。

だけど終わらせなければ、読者のわたしは満足できない。

「閉ざした者よ、立ち返れ」

これが最後の鍵開けだ。

わたしはノートパソコンに、物語に、死んでしまったイズミ・リラに向けて、魔法の呪文《じゅもん》をそっと唱《とな》える。

「鍵開け師ユメがここに命ずる」

お願い。

もう一度、扉を開けて。

物語のなかへ連れていって。

「ルヴニール!!」


渦《うず》から抜け出して目を開くと、わたしは天井の高い豪華な広間にいた。巨大なシャンデリアがきらびやかな光を放っている。足元は深く上品な真紅《しんく》の絨毯《じゅうたん》で、細かな草花の模様が色の濃淡だけで描かれている。目の前には長い長い階段があって、その左右には広々とした廊下が伸びている。

魔法女王の城だ。

音は、まったく聞こえない。耳がおかしくなったのかと思うほどだ。

わたしはそっと一歩を踏み出した。絨毯が吸い込み切れなかった足音が、かすかに響く。その足元を見て目を疑った。ユメのブーツじゃない。学校指定のローファーを履《は》いている。

改めて、自分の姿を確認してみる。紺色のセーラー服とスカート。わたしが着ているのは、学校の制服。ユメじゃなくて、現実のわたしの服装だ。

「……なるほど」

動揺を鎮《しず》めるように、あえて声を出す。

わたしはこれから鍵開け師のユメではなく、本村結芽として物語を切り開くというわけか。

緊張が増す。歩幅が小さくなる。

だけど長い階段に踏み出すと、一段一段が高く奥行もあるせいで、自然と一歩を大きくせざるをえない。ゆっくり、着実に階段を上っていく。終わりがないみたいに、階段は長くつづく。しばらく上るとようやく次の階が見えてきた。左右に廊下が伸びている。

階段を上り終えてからは、迷路のような城をさまよった。城はどこもかしこも豪華で手の込んだ造りだ。たくさんの絵や美術品が飾られ、わたしの背丈の倍近くある巨大な扉がいくつも並んでいる。

だけど、どの扉も開けてみようとは思わなかった。

開けるべき扉はこれじゃない。そんな気がした。

また、階段が現れる。それをずんずん上っていく。

するとその先に、ひときわ大きく立派な扉が出現した。

とろけるような純白の扉には、草花や木々、鳥、蝶《ちょう》、動物などの彫刻が細かく施《ほどこ》されている。

ここだ。

ここに、魔法女王がいる。

わたしは大きな金色のドアノブに触れた。鍵開け魔法の呪文を唱えようとして、ふと、すでに鍵が開いていることに気付く。

意を決して、扉を開ける。

部屋に入った瞬間、空間のあまりの明るさに目がくらんだ。壁も、床も、天井も、遠近感が狂うほど真っ白。さっきまでの荘厳さが嘘のようだ。さびしいほどに、なにもない。

まぶしさに目が慣れて正面を見ると、黄金色の豪華な王座にだれかが座っているのがわかった。部屋があまりに広く、遠くてはっきり見えないので、おそるおそる近付いていく。

一歩、二歩、三歩。その程度では距離感に変化がない。ええいと思ってどんどん進む。するど、しだいに王座に座っている人物が見えてきた。体格からして女性だ。あれが、魔法女王で間違いない。

「あなたが魔法女王ですか」

問いかけて、わたしは思わず息を止めた。

王座には、ルビーのように赤く美しいローブをまとい、たくさんの飾りがついた王冠をかぶった人物が座っている。

四十代くらいだろうか。飾り気のないボブカットで華奢《きゃしゃ》な体つきの、どこにでもいそうな普通の人だ。頬杖《ほおづえ》をついて眠っている。その姿に見覚えがある気がした。

「ま……魔法女王、ですよね？」

もう一度尋ねると、魔法女王らしき女性の目がぱっと開かれ、わたしを見た。

その黒い瞳《ひとみ》と視線が交差して、わかった。

イズミ・リラだ。

間違いない、遺影に使われた成人式の写真の面影《おもかげ》がある。

魔法女王はわたしをじっと見ている。その視線は、おまえはだれだと問うているようだ。

「わ、わたしは鍵開け師ソルムの孫娘――ううん、違う」

物語に則《のっと》って名乗ろうとして、自分が学校の制服姿であることを思い出した。

今のわたしは、鍵開け師のユメじゃない。

「わたしは本村結芽。この物語の読者です」

魔法女王の表情はぴくりともしない。虚《うつ》ろにも見える瞳で、ただじっと、わたしを見つめている。

「魔法女王、あなたは――」

「わたしは何者でもないわ。ただの、落ちこぼれの出来損《できそこ》ない。取り柄《とりえ》なんてひとつもないもの」

無表情のまま、魔法女王は台詞《せりふ》を読み上げるように言った。

驚きのあまり後退《あとずさ》る。たった今魔法女王から発せられた言葉は一巻『鍵開け師ユメと旅のはじまり』に登場する、ユメのモノローグだ。

「あなたの言葉で答えてください」

「あたしにとって言葉はいつも、その場しのぎの借り物さ。根無し草にはこんなもの、道具でしかないんだよ」

魔法女王は、今度は二巻『鍵開け師ユメと国境の薬売り』でのイェリルの台詞を口にした。それから何を質問しても、作中の言葉しか返ってこない。魔法女王の表情はほんの少しも変わらず、ただじっとわたしの目を見て、物語に出てきた言葉を読み上げるだけだ。

ああ、そうか。

「……これは、わたしと物語の答え合わせですか？」

女王が座る王座だけの空間と、現実のままの姿のわたし。今まで物語に飛び込んだときとは何かが違う。わたしは今回、物語の世界に飛び込んだんじゃない。物語と、それを書いたイズミ・リラと対峙《たいじ》している。

魔法女王はなにも言わない。なにも教えてくれないのだ。わたしは落胆するような、見放されたような気持ちになった。

「こ、答えなんて、わかるわけないじゃないですか」

声が震える。怒りに？　悲しみに？　わからない。だけど、はてしなく孤独な気持ちだった。

「倉森さんもお父さんも、自分で答えを見つけろっていうけど、見つかるわけがない。作者の気持ちとか、考えてることとか、そんなのなおさらわかるわけない。わたしはただ、楽しく本を読んでいただけなんだから。その程度の読者に真実がわかったら、だれも苦労しないよ。ねえ、魔法女王」

魔法女王は石膏像《せっこうぞう》のように表情を変えないまま、わたしを見ている。その無慈悲《むじひ》なほどの態度に、泣きたくなった。

「わたしはあなたの書く物語が大好きなの」

目の周りからじわじわと、涙が集まってくる感覚がある。「ねえ」呼びかけても、魔法女王はなにも言わない。ぴくりとすら動かない。

「あなたが書く『鍵開け師ユメ』の結末を知りたかった。この物語に救われて、すがって、頑張ってきたの。それなのに、どうして勝手に死んじゃうの？　どうして、勝手に終わらせちゃったの？　教えてよ、わからないよ！」

叫んだ声が、王座以外になにもない真っ白な空間に吸い込まれて消えていく。わたしの目から堪《こら》えきれなくなった涙が零《こぼ》れ落ちた。

「お願い教えて」

涙を拭《ぬぐ》って、言葉に力を込めて、願うように尋ねる。

「あなたの答えを、わたしに教えて」

「――その勇気が、扉を開ける鍵になる」

魔法女王がそっと口を開く。頬杖を突くのをやめ、両腕を肘《ひじ》かけにそっと預けた。

一巻の帯の言葉だ。だから、つづく言葉を予想するのは簡単だった。

「王国を救うのはすべてを解き放つ鍵開け魔法」

「どれだけ読んだと思ってるの、それくらい覚えてるよ！」

わたしは叫んだ。喉《のど》が痛いくらいだった。

それを聞いた魔法女王が、ほんの少し、だけど遠目にもはっきりとわかるほど、口元に微笑《ほほえ》みを浮かべた。

「それなら大丈夫」

言葉があたたかい。さっきまでと雰囲気が違う。

「……魔法女王？」

「おまえがおまえを信じないと、なにもはじまらないんだよ」

五巻のラストシーン、ヒューゴの言葉だ。だけど、物語の台詞を暗唱しているのではないと思った。

今のは、魔法女王の言葉だ。

女王の瞳に、光が宿《やど》る。

「結芽、大丈夫。あなたはあなたが思うほど弱くない。無力でもない。悩んで、迷って、ここまで来た。それが証拠だよ」

そう言って、魔法女王が――イズミ・リラが立ち上がる。

「あなたが導いた答えが、あなたの物語になるんだ」

彼女は右手を高く掲《かか》げた。

その姿には、得体のしれない迫力があった。

「閉ざした者よ、立ち返れ」

イズミ・リラが強く唱える。

ふと、わたしがイズミ・リラの物語を卒業する日は、そう遠くないところまで迫《せま》っているのだと思った。

わかっている。わたしはもう、『鍵開け師ユメ』の世界に守ってもらうには、大きくなりすぎた。

魔法の力を、鍵開けの力を、もうすぐ心から信じられなくなる。もっとおもしろいと思うものに出会う。わたしはユメから離れていく。

それなら、わたしのなかで『鍵開け師ユメ』は、イズミ・リラは、価値を失っていくのだろうか。

いや違う。絶対に違う。この物語がなければ生き延びられない時間があった。この物語を愛しているから耐えられた日々があった。これから先のわたしは、『鍵開け師ユメ』と出会ったから存在するんだ。

黒い瞳が、じっとわたしを見つめている。その視線は、なにかを信じているような、懇願《こんがん》しているような、強くやさしい意志に満ちていた。

「イズミ・リラがここに命ずる」

晴れ晴れした表情で、彼女は笑った。

――さあ、書いて。あなたが選んだ、物語の結末を。

そう、わたしの女王が言っている気がした。

「ルヴニール‼」


巨大な渦から弾《はじ》かれて目を覚ますと、部屋は薄暗くなっていた。顔は涙でぐっしょり濡《ぬ》れていて、全身に不思議な倦怠感《けんたいかん》がある。

わたしは両手を見下ろした。確かめるように、自分の体を抱きしめた。

わたしはついさっきまでのことを鮮明に覚えていたし、自分をとりまく現実も、はっきりわかっていた。心臓が胸から飛び出しそうなほど大きく鼓動を打っていて、こんなに生きているることを実感したのははじめてだった。熱い血液が、血管がしびれるくらいの速さで駆け巡《めぐ》る。手足の先が、だんだんと熱を帯びていく。

思考の輪郭が、今までとは比べ物にならないほど、クリアになる。

だから、まだ本当には現実を受け止めていなかったのだと気付いた。

おばさんが死んだ。イズミ・リラが死んだ。

事故か自殺かもわからない最期《さいご》だ。

なにより、わたしがどれだけ頑張っても、必死に言葉を紡《つむ》いでも、『鍵開け師ユメ』シリーズは本当には完結しない。

物語の結末は、永遠に書かれない。


涙がとめどなくあふれていた。浅くなった呼吸が苦しくて、目が熱かった。

イズミ・リラが、死んだ。

未完となるこの物語は、きっとこれから少しずつ書店から消えていく。いつかだれにも読まれなくなる。忘れられていく。

わたしもいつか、今ほど鮮明にはイズミ・リラの物語を、彼女が描く登場人物を、思い出せなくなるだろう。

それでも。

そう思って、キーボードを叩《たた》きはじめた。

イズミ・リラのノートパソコンに、彼女のものではない文章を打ち込んでいく。


わたしは、この物語を信じている。

書き上げた原稿は琴羽ちゃんと丁寧《ていねい》に推敲《すいこう》して、倉森さんに送った。もう返事は来ないだろうと諦《あきら》めていた冬のはじめに、倉森さんからメールが来た。もしよかったら会えませんか、という内容だった。わたしはまた、倉森さんと会うことになった。

風月書房の近くの喫茶店に、今度はひとりで行った。途中で倉森さんとばったり会って、一緒に店内に入る。ここに来るのはちょうど半年ぶりだと思った。店の入口には、ひかえめにクリスマスの飾りつけがされている。

「読みましたよ」

ホットコーヒーにミルクを入れながら、倉森さんは言った。大きな窓がある喫茶店は暖房が効《き》いていることもあるけど、冬の太陽の光が降り注いでぽかぽかと暖かかった。

「まさかあんなにしっかりとした原稿を読めるとは思いませんでした」

「全然しっかりした原稿じゃないです。倉森さんと会うからちょっと読み返してみたけど、もうめちゃくちゃのぐちゃぐちゃでびっくりしました」

「だけど、最後の鍵開けがすごくよかったです。——あの、違ったら申し訳ないんですが、魔法女王はずばり、作者であるイズミさん、というイメージですよね？」

聞かれて、わたしは頷いた。

『鍵開け師ユメと魔法女王』のラストで魔法女王を助けるため城に入ったユメは、女王とレグランド王国の秘密を知る。

魔法女王の部屋には、悪夢の靄《もや》に侵《おか》されようとする王国の地図が飾られている。それに臨む形で椅子《いす》に座った魔法女王は悪夢にうなされながら、小さく呟《つぶや》く。

――この王国は、わたしの魔法は、悪夢なんかに負けやしない。

すると、地図の中央、王都に聳《そび》える魔法女王の城が、靄を切り裂くように輝いた。しかしそれは一瞬で、輝きは鈍《にぶ》くなる。魔法女王の抵抗とともに、地図上で靄と光が戦っていた。

それを見て、ユメは気付いた。

悪夢が王国を包んでいるのではない。悪夢を打ち払う光が、消えようとしている。

本当のレグランド王国は、平和な国じゃない。女王の魔法によって、平和を与えられていただけにすぎないのだ。

女王が悪夢に倒れた今、王国は本来の姿を見せている。悪夢王を倒しても、魔法女王が目を覚まさなければ魔法の力は発揮されない。

そして目を覚ますためには、伝説の鍵開け師に悪夢をこじ開けてもらうしかない。

魔法女王は、王国を守るためにずっと必死に抵抗していた。同時に、賭《か》けに出ていた。

完全に悪夢に飲まれさえしなければ、鍵開け師は必ずやってくる。

その信頼の証拠に、地図の北の隅にある鍵開け師が住む田舎《いなか》村は、最後まで悪夢の支配を逃《のが》れていた。

魔法女王は鍵開け師を待っている。

王国の秘密を知ってもその力ですべてを解き放ち、自分を救い出してくれるに違いないと信じて。

「どうしてあのラストにしたか、聞いてもいいですか？」

「……うまく言えるかわかんないです」

「うまく言えなくても全然かまいません」

倉森さんはにこりと笑う。

わたしは少し頭を悩ませて「えっとですね」と前置きをして、わたしが思う『鍵開け師ユメ』シリーズと、魔法女王イズミ・リラを語った。

「まず、わたしがユメだったら、落ちこぼれの出来損ないの自分をだれかに信じてほしかったと思います。ユメに報《むく》われてほしいから、魔法女王は鍵開け師が助けに来ると信じて待っていることにしました。設定上、ユメは鍵開け魔法を一日一回しか使えません。だから、城に入るときや女王の部屋に入るときに魔法を使ってしまうと、それから二十四時間は魔法女王を助けられず、城の中で時間を潰《つぶ》すしかなくなります。それって盛り上がりに欠けますよね。となると、ユメは鍵開け魔法なしで女王のところまで行く必要がある。魔法女王を救えるのは鍵開け師だけなので、設定的にもしっくりくると思いました。

それと、わたしにとって物語は大切な居場所で別世界です。イズミ・リラにとっても、そういう部分が少しくらいあったんじゃないかと思います。わたしは友達に協力してもらいながら『鍵開け師ユメと魔法女王』を書いたんですけど、その友達が読んで感想を伝えてくれると、なんだか、書いた！　っていう感じがぐっと強くなりました。それって、自信がない自分を見つけて助けてもらうみたいな気分なんです。だから、なんだろう、イズミ・リラも読まれて助け出されるのを待ってたのかなって、ちょっと思って。あと――」

言いかけて、わたしは黙った。これから言うことは、少し子どもっぽい気がしたからだ。だけど倉森さんに「あと？」とやさしく促《うなが》され、まあいいやと言ってみることにした。

「わたしとおばさん、仲良くなれたと思うから。ユメと魔法女王として、物語の中でくらい会ってみたかったんです」

物語を書き終えたあと、お母さんと一緒におばあちゃんの家に行って、おばさんが作家だったことを話した。新しく買いそろえた『鍵開け師ユメ』シリーズの既刊をお土産に持っていくと、おばあちゃんはものすごく驚いた。だけど少しすると、納得したみたいに「あの子がね」と呟いた。おばさんの名前を検索したおじさんは「意外と人気があるみたいじゃないか」と言って笑った。それを聞いて、おばあちゃんは今までの態度が嘘のように、近所の人に自慢すると言ってはりきりはじめた。

「あの、倉森さん。わたしが前に、イズミ・リラの死は事故説と自殺説があるって言ったの覚えてますか？」

「覚えていますよ」

「それについてのわたしの答え、聞いてもらってもいいですか」

わたしが言うと、倉森さんはちょっと不謹慎に思えるほど楽しそうな顔をして「ぜひ」と目を輝かせた。

「イズミ・リラが事故を起こしたのは、五月二十七日の午前七時ごろ。彼女がパートをしていたドラッグストアは八時開店の店で、早番の出勤時間は七時だったそうです。そして、パソコンに残っていた五巻の改稿原稿のデータを保存したのは、午前六時半ごろでした」

おそらく、イズミ・リラは徹夜で作業していた。以前倉森さんがメールで、亡くなる前日に電話で話したと言っていたから、それからずっと執筆を続けていたのかもしれない。

作業に夢中になっていて気付けば朝になり、パートの出勤時間が迫っている。慌《あわ》ててシャワーを浴びるなりごはんを食べるなり仕度《したく》をして家を飛び出したけど、遅刻寸前。大急ぎでパート先に向かうが、頭は徹夜明けでぼんやりしている。

そんな状態で原付を運転したすえの、不幸な事故死だった。

それが、わたしの答えだ。

「なるほど」

「わたしは、本村泉美という伯母《おば》のことは、なにも知りません。母から話を聞くと、本村泉美は自殺するリスクがある人だったのかもなって思います。だけど、イズミ・リラのことは心の底から信じているんです。わたしが愛する物語の作者は、きっとわたしなんかよりもずっと、あの物語を愛してるって」

そこで言葉を区切って、往生際《おうじようぎわ》悪くまだ迷っている自分の心にけりをつけるために、わたしは力強く断言した。

「イズミ・リラは、物語の結末を書かずに死んだりしない」

その通りだ。わたしはわたしの答えを後押しするように、心のなかで叫んだ。わたしは、イズミ・リラを信じている。

「いい答えだと思います」

倉森さんは深く頷いた。

「僕も同じ意見です」

わたしは思わず笑った。倉森さんも、小さく微笑む。

「そうだ、これ、わたしの祖母の連絡先です。メールはほとんど使っていないみたいなので、メールが必要なときは、こっちの母のアドレスに送ってください」

リュックからメモを取り出して倉森さんに渡す。

「ありがとうございます。助かります」

「遅くなっちゃってすみません。あの、今さらですけど……五巻って発売されますか？」

「結芽さんのおばあさんとの話し合い次第ですが、原稿がある以上、こちらとしては出したいです。できれば、来年の春くらいに。それと同時期に作者死亡のお知らせもできればと思います」

それから少しだけ最近読んだ本について話をして、わたしと倉森さんは喫茶店を出た。冷たいビル風が吹きつけ、冬だ、と思った。おばさんの正体を知り、はじめて倉森さんと会ってからたくさんの時間が流れたのだと体感する。

「なんというか、結芽さんは最初に会ったときとずいぶん雰囲気が変わりましたね」

駅まで送ってくれるという倉森さんと並んで歩いていると、突然そう言われた。

「背が伸びました。四センチくらい」

「それもあるんでしょうけど、大人になった感じがします。僕くらいの年齢になると、半年というのはせいぜいおなかが出たり、髪が薄くなったりする程度の変化ですが、若者にとっては大きな成長の時間なんですね」

「自分ではあんまり変わった気がしないですけど」

「それくらいでいいと思います。成長している自覚に満ちていると、エモさが足りなくなるので」

突然出てきた流行《はや》り言葉を意外に思って笑うと、吐き出した息がほんのり白く染まった。

駅に着く。倉森さんは「気を付けて帰ってください」と言った。

「ありがとうございます。あと、つづきを書いてみたらどうかって言ってくれたのも、ありがとうございました。ああ言ってもらわなければ、絶対に書きませんでした」

倉森さんは頷いてから、そっと「書いてよかったですか？」と尋ねた。

わたしは自信を持って答えた。

「世界が変わった気がします」

「それなら、僕も嬉《うれ》しいです」

今までで一番嬉しそうに笑った倉森さんは「では、さようなら」と去っていった。


なんか魂《たましい》抜けちゃった、というのが、琴羽ちゃんの最近の口癖だ。ここのところずっとそう言っている。

「そんなことばっかり言ってると、本当に魂抜けるよ」

「でも、すっごく暇」

寒々しい空気に包まれた部室の定位置の席で、琴羽ちゃんは机に突《つ》っ伏《ぷ》した。どうやら漫画の発売日らしく、他の部員たちはみんな部活を欠席している。

「なんかさ、秋までずっと『鍵ユメ』のおかげで充実してたから、それがなくなっちゃうと虚無《きょむ》」

「まあ……それはわかる」

「昨日、倉森さんに会ったんだっけ？」

「うん。おばあちゃんとの話し合い次第だけど、五巻は出したいって。それと同時に作者死亡のお知らせをするつもりみたい」

わたしが言うと、琴羽ちゃんは「ふぃーん」と不思議な声を漏《も》らした。

「それ何の音声？」

「さびしいよぅ、の音声。──そうだ、ひさびさに図書室に行かない？　おもしろい本あるかも」

「行く」

わたしたちは立ち上がった。部室の電気を消して、おしくらまんじゅうをするみたいにぶつかり合いながら、寒い廊下を足早に駆け抜ける。

別棟にある図書室は広々していて、なによりしっかり暖房が効いているのがいい。中に入ると、勉強している生徒がちらほらいた。高等部の三年生は年明けに受験を控えている。大事な時期だろうからなるべく静かにしようとアイコンタクトして、わたしたちは文芸書のコーナーに向かった。

わたしよりもずっと読書家の琴羽ちゃんが、これおすすめ、これもおすすめ、と教えてくれるので、腕に抱える本がどんどん増える。今は冬休み前で貸出上限が増えているから、なおさら気が大きくなる。

「それ全部借りるの？」

腕いっぱいに本を抱えたわたしを見て、琴羽ちゃんが尋ねた。

「そのつもり」

「持って帰るの大変だよ」

「それは、まあ、根性で」

隣の書架に向かうと、文芸部で一緒の雪野さんがいた。同じクラスでもあるのに接点が少ないから、話しかけるべきか会釈で通り過ぎるか悩んで、微妙な沈黙が生まれてしまう。

「本、そんなに借りるの？　大丈夫？」

雪野さんは心配そうに尋ねた。

「借りるつもりだけど、腕が痛くてしんどい」

「……これと、これと、これはわたしもおすすめ。とくにこの本は、今度映画化されるらしいから、今のうちに借りたほうがいいかも」

わたしが抱えた本を何冊か指さして、雪野さんはひそひそと言ってくる。

「これ映画化されるの？」

「噂《うわさ》だけど、ロケしてるところを目撃されてるの。キャストがいいみたいでね――」

前のめりになった雪野さんの話を聞いて、琴羽ちゃんが嬉しそうな唸り声を漏らす。

「まじか、キャスティング神すぎ。っていうか、雪野さんも本、結構読むんだね」

「読むよ。漫画も好きだけど、家では小説ばっかり読んでる」

その言葉は意外に思えて、わたしは琴羽ちゃんと顔を見合わせた。雪野さんはいつも、他の部員のオタクトークに加わっているからだ。

だけど思い起こせば入部当時、雪野さんはミヒャエル・エンデの『モモ』をおすすめ作品にあげていた。

「あのさ、聞きたいことあるんだけど、いい？」

雪野さんが遠慮がちに前置きをする。「いいよ、なに？」琴羽ちゃんが尋ねる。わたしは腕がちぎれそうになってきて、本を抱え直した。

「もう小説書いてないの？」

驚いて、抱えた本を全部落としかける。あわあわと持ち直していると、雪野さんはいたずらっぽい顔で「あ、やっぱり」と笑った。

「もしかしてカマかけたの？」

動揺した声で琴羽ちゃんが聞く。雪野さんは当然の顔で頷いた。

「ちょっとあやしいなって思ってたんだ。分厚い紙束持って向き合って、展開がどうのこうの、伏線がどうのこうのって話してたから。書くのは本村さん、目黒さんがアドバイザーって感じでしょ？」

「も、もしかして、わたしが小説書いてたこと、他の人たちも気付いてる？」

怖くなってわたしは尋ねた。

「気付いてないと思うよ。なんていうか」

そこまで言って、雪野さんはもじもじと俯《うつむ》いた。それから「だれにも言わないでよ」と早口に警告して、

「……わたしも書くからわかっただけ」

蚊の鳴くような声で告白した。

「まじ？」

わたしと琴羽ちゃんの声が重なる。「まじ」雪野さんはそう言うと顔を手で覆《おお》った。

「うわー、はじめて言った。小説書いてること。——本村さんは、どんな小説書いてたの？」

雪野さんが指の隙間《すきま》からわたしたちを見てくる。わたしは琴羽ちゃんに「言ってもいいかな」の意味を込めて視線を送った。琴羽ちゃんは「いいんじゃない」と頷いた。

「『鍵開け師ユメ』シリーズって知ってる？」

「わかるわかる。小学生のころに読んでた。かなり好きだったな。予言の魔女の巻までは覚

えてるよ」

それを聞いてわたしはなんだか嬉しくなった。思いがけない場所で、仲間が見つかった気分だ。

「そのシリーズ、未完になっちゃうから、自分でつづきを書いてたんだ」

「へえ、楽しそう。でも、未完になっちゃうって、どうして知ってるの？」

「じつはね……」


作者が亡くなったんだけど、その人、わたしのおばさんだったの。


小さな声でそう言うと、雪野さんは目が飛び出そうなほどまぶたを大きく見開いた。「ほんとに？」とかすれた声で確認される。

「ほんとに」

「すごい。え、かなりすごい」

雪野さんは興奮した様子でわたしの肩を揺さぶった。わたしは本を抱え直しながら、ちょっと得意な気持ちで笑った。

「なんかすごいな。『鍵ユメ』ひさびさに読み返そうかな。でも児童書だから、たぶんこの図書室にはないよね」

「もしよかったら貸そうか?」

わたしは言った。「いいの?」雪野さんは目を輝かせる。

「うん。明日持ってくるよ。今、四巻まで出てるんだ。そのうち五巻も出ると思う」

「じゃあ、それまでに全部読まなくちゃ。ねえ、『鍵ユメ』、やっぱり今読んでもおもしろい?」

雪野さんは尋ねる。

わたしと琴羽ちゃんは顔を見合わせて笑った。

その質問に答えるのは、どんなことよりも簡単だった。

扉に手をかけて、ユメは鍵が開いていることに気付きました。おそるおそる部屋に足を踏み入れます。

そうしてまず、ユメの目に飛び込んできたのは、広い部屋の壁一面に飾られたレグランド王国の地図でした。

王国は全体があやしい靄に覆われて、黒っぽい紫色に染まっています。

(悪夢王の影響がこれだけ広がってしまったんだわ)

ユメの視線は、自然と故郷の村に向きました。ユメの村は、まだ悪夢には侵されていないようでした。

「う、うう……」

ほっとしたのも束《つか》の間《ま》、小さな唸り声が聞こえてきました。

地図を見上げるように、豪華で立派な椅子が置いてあります。唸り声はそこから聞こえました。女の人の声です。魔法女王に違いありません。ユメは女王に駆け寄りました。

「魔法女王、わたしは伝説の鍵開け師ソルムの孫娘です。あなたを助けにまいりました」

そう言ってはみるけれど、ユメの心は不安でいっぱいです。鍵開け魔法は、本当に女王を、王国を救えるのか。ユメには確信がありません。

「……ぐ、……ぐ」

魔法女王が小さく唸ります。なにか言おうとしているようです。ユメは前のめりになって、その言葉に耳を澄ませました。

「この王国は……」

小さな声でした。しかし、力に満ちた声でした。

「……わたしの魔法は、悪夢なんかに負けやしない」

その言葉を聞き終わると同時に、王国の地図が金色に光りました。振り返れば、王都の中央に描かれた城が、悪夢の靄を払うように輝いています。けれどそれは一瞬で、光はすぐに弱まってしまいました。

それを目《ま》の当たりにしたユメは、魔法女王の言葉を振り返りました。この王国は、わたしの魔法は、悪夢なんかに負けやしない。

「もしかして……、この悪夢が現実ですか?」

ユメの問いかけに、魔法女王は答えません。ただ小さくうなされるばかりです。

地図上で光が輝いては消え、輝いては消えを繰《く》り返しています。悪夢の影響はまだ強く、王国のなかで魔法女王に守られた場所はほとんど残っていません。

「あなたの魔法が、この国の平和を作り出していたんですか? あなたが悪夢に倒れて魔法を使えないから、王国は混乱しているんですか?」

ユメは複雑な気持ちになりました。今まで当たり前と思っていた平和が、善《よ》い魔法族の王国の姿が、すべて女王の魔法の力だとしたら、いったいなにを本当と呼べばいいのでしょう。

ヒューゴは、イェリルは、スタンレーさんは、シエラさんは、みんなとの旅は——そもそもここにある自分の心は、女王の魔法がなければ存在しない、ただのまやかしなのでしょうか。

ユメは泣きたい気持ちで地図を見上げました。

そして、ふと気付きました。

ユメが生まれ育った、北の小さな田舎村。そこに「鍵開け師」と書き込まれていることに。

「……鍵開け師」

魔法女王が言いました。痩《や》せた手が宙をさまよって、だれかを探します。

「……鍵開け師は、……鍵開け師はまだか」

「ここにおります」

考えるよりさきに、ユメは魔法女王の手を取りました。悪夢に飲まれる恐怖からでしょうか、女王の手はひどく冷たくなっていました。

「レグランド王国でいちばんの鍵開け師が、ここにおります」

かまうものか。

ユメの心に決意が生まれました。

（この国が、わたしたちの日々が、すべてあなたが作り出した世界でも、かまうものか。わたしはここで生きている。これまでのことを、本当だと感じている。ここにあるすべてが、わたしが愛するレグランド王国なのだから）

魔法女王の手を両手でつつみ、ユメは心の中心に力を込めました。

ユメの村が今も無事なのは、辺境の田舎村だからではありません。鍵開け師が、悪夢を解き王国を救う鍵開け魔法を持つ者が、そこに暮らしているからです。魔法女王は、鍵開け師が――ユメが助けに来るのをずっと待っていたのです。

「閉ざした者よ、立ち返れ」

ユメはきっと、この鍵開けを忘れないでしょう。

これが魔法女王の見せる夢だとしても、王国を救ったのが自分であることを、一生誇りに思うでしょう。だれに罵《ののし》られても、ユメはもう二度と、自分を落ちこぼれの出来損ないと思うことはありません。

「鍵開け師ユメがここに命ずる」

魔法女王の手に、わずかな力が籠《こ》もりました。大丈夫、という気持ちと、王国への祈りを込めて、ユメもその手を握《にぎ》り返しました。

「ルヴニール!!」

第六巻『鍵開け師ユメと魔法女王』第七章より

終章

大学模試の結果は思ったほどよくなかった。志望校までの道のりが果てしなく険しく、遠く思えて落ち込んでくる。

「大丈夫だって、まだ高二で、しかも秋だもん。受験まで一年以上あるんだよ？」

「そういう雪野ちゃんは、結構いいセンいってるじゃん」

わたしが言うと、雪野ちゃんが「今回は運がよかったんだってば」と笑う。だけど、この前の模試の結果もよかったらしい。余裕があるから励《はげ》ますことができるのだ。

「大学受験とか、まだずーっと先のことだと思ってたのにな。なんか、人生が猛スピードで進みすぎてつらい」

琴羽ちゃんの言葉にわたしと雪野ちゃんが強く同意していると、電車がホームに滑《すべ》り込んでくる。

内部進学で高校生になってから、日常のペースがぐっと上がった。テストを受けて、勉強して、模試を受けて。お尻を鞭《むち》で叩《たた》かれる競走馬みたいな気分だ。

「っていうか結芽っち、今日って発売日じゃない？」

スマホをいじる琴羽ちゃんに言われて、わたしは喉《のど》の奥で小さく悲鳴を上げた。「なんの発売日？」つり革《かわ》に摑《つか》まる雪野ちゃんが尋ねる。

「小説青雲。ほらほら、春に応募した新人賞の一次選考が発表されるんだよ」

「ああー、そういえば。もうそんな時期か」

二人ともすっかり他人事《ひとごと》だ。応募用の原稿を書いているときは、あれこれ口出ししてきたのに。

去年から、小説を新人賞に応募するようになった。これまで二度応募して、どちらも一次選考で落選している。わたしはそのたびに再起不能かと思うほど落ち込んで、琴羽ちゃんと雪野ちゃんを困らせてきた。

完全オリジナルの小説を書きはじめたのは雪野ちゃんの影響だ。だけど彼女は新人賞に応募しない。本人曰《いわ》く「書くだけで満足」とのことだ。

お母さんは、毎日きちんと勉強してある程度の成績を維持していれば、わたしがなにをしていても怒らない。今も小説を書いていることには気付いていると思うけど、口出ししてこないので気楽だ。お父さんは会うたびにあれこれアドバイスをしてくるから、ちょっとうざい。

琴羽ちゃんと雪野ちゃんは、わたしが応募した新人賞の話で勝手に盛り上がっている。選考委員は結芽っちが好きなあの作家なんだよ、ときゃあきゃあ言っている。人の気も知らないで、とわたしはワイヤレスイヤホンを耳に突っ込んだ。たしかに最終選考まで残れば憧《あこが》れの作家に小説を読んでもらえると思って応募したけど、そんなにうまくいくわけがない。

三人で、都内でも有数の大型書店がある駅で電車を降りる。中学二年生のときに家出したわたしが辿《たど》り着いた駅だ。『鍵開け師ユメと旅のはじまり』を買った書店は、今も駅のそばに立派な店舗を構えている。

そういえば、倉森さんは元気だろうか。著作権継承の話のためにおばあちゃんやお母さんは何度か会っているらしいし、五巻も無事に発売されたけど、わたしは『鍵開け師ユメと魔法女王』の感想を聞いたとき以来、顔を見ていない。

書店に向かう途中で足が止まって、口から否定の言葉が飛び出した。「なにが？」琴羽ちゃんと雪野ちゃんが振り向く。

「むり」

「絶対落ちてる。結果見たくない」

「応募するとき、今回は自信あるって言ってたじゃん」

雪野ちゃんがいじわるなことを言う。自信というのは応募した瞬間から爆速で減っていくものなのだ。

「結果を見ても見なくても、一次の結果はもう出てるんだよ」

琴羽ちゃんも残酷なことを言う。

「たしかにその通りだけど、結果を見るまでは通過してる可能性も落ちてる可能性もどっちもあるじゃん。でも結果を見たら、どっちかじゃん……」

「シュレーディンガーの一次選考？」

「なんだっけそれ、猫だっけ？」

「もうむり帰る……」

泣き言を言うわたしの両腕を、琴羽ちゃんと雪野ちゃんがそれぞれ摑んで引っ張る。わたしはほとんど二人に引きずられる形で、『鍵開け師ユメと旅のはじまり』を買った書店に向かった。


書店の自動ドアをくぐると、圧倒されるほどたくさんの本に出迎えられる。まだ新しい本たちが、だれかに買われ、読まれるのを、今か今かと待っている。

そんな幸福な空間が、今は処刑台の上みたいに思えた。心臓がばくばくして口からこぼれ出てきそうだ。

「……二人はここで待ってて」

わたしはそれだけ言って、勇気を振り絞《しぼ》って文芸誌売り場に向かった。

一歩一歩が、重い。苦しい。

応募した原稿は、たしかに自信作だった。あれから時間が経《た》った今、きっとだめだと思うのはほとんど予防線だという自覚がある。これが箸《はし》にも棒にもかからずに落選したら今までにないショックを受けるから、受け身を取る準備をしているようなものだ。

売り場にずらりと並んだ文芸誌から、目当てのものを見つけるのは簡単だった。目が、吸い込まれるように雑誌の名前を探し出した。

一冊手に取る。

ありったけの勇気を、最後の最後の一滴まで絞り切るような気持ちで目次を開く。一次選考の結果は、四百十七ページだ。

もう、ここまで来たら見るしかない。

わたしは意を決してページを開いた。

新人賞の応募総数は九百以上。一次選考の通過作は、そのうち一割ほど。

深呼吸して、名前を探す。到着順に並んだ通過リストを頭から、ゆっくり辿っていく。一行確認するごとに、寿命が一分縮んでいる気がする。

「あっ」

あった。

緊張したわりにあっけない感動が、さらりと胸に押し寄せる。一度誌面を閉じ、深呼吸して、もう一度確認する。

はるかのはなし　本村ユメ（東京都）

「あった……」

呟《つぶや》いた声が、細波《さざなみ》のように自分の意識に押し寄せて、緊張で乾いた部分に浸透していく。

「わたしの名前、あった」

何度も何度も雑誌を閉じて、開いて、名前をなぞる。

間違いない。一次選考、通過した。

わたしは思わず雑誌を胸に抱えてため息を吐《つ》いた。隣で週刊誌を立ち読みしていたサラリーマンのおじさんが不思議そうな顔をしているけど、気にならない。

これは記念だ、買って帰ろう。わたしはレジに向かった。その前に入口でそわそわ待っている琴羽ちゃんと雪野ちゃんに向かって、大きくガッツポーズをする。二人はわぁっと声を上げてガッツポーズを返してきた。

やった、やった。本当に読まれた。わたしの小説がちゃんと読まれて、ちゃんと戦って、最初の関門を勝ち抜いた。

夢だったらどうしようと思ってレジに並ぶ前にもう一度、誌面を確認する。しっかり、わたしの名前が載っている。

よかった。

そう思うと同時に『鍵開け師ユメと魔法女王』を一心不乱に書いていた、三年前の夏を思い出す。

ものすごく頭を悩ませた夏だった。だけど読む喜びも、書く楽しさも、わたしは全部、ユメとイズミ・リラから教わった。

「……閉ざした者よ、立ち返れ」

そっと、あのころ何度も唱《とな》えた呪文《じゅもん》を口にしてみる。

物語のなかに入れたと思ったのは、夢か錯覚だったのだろう。それか、極端な思い込みとか。当時よりちょっとだけ大人になったわたしは、この呪文が作りもので、魔法は絵空事だとすでにわかっている。

「鍵開け師ユメがここに命ずる」

だけど、信じることは自由だ。

嘘《うそ》でも、虚構《きょこう》でも、作り話でも、わたしが信じれば、それはわたしの本当になる。

「ルヴニール」

そう唱えた瞬間、書店の本棚が次々渦《うず》を巻き、わたしはその中心に吸い込まれていく——

なんてことは、なかった。

わたしは書店のレジの列の手前で、これから新しい宝物になる文芸誌を一冊抱えて立っている。ただの現実がそこにある。

当然と思う気持ちとさびしく思う気持ちは半々だった。もう、レグランド王国へ飛び込むことはできないらしい。

そう思った、そのときだ。

「ありがとう」

背後から声がかかった。

聞き馴染《なじ》みはないけど、知っている声だ。

まさかと思って振り返る。

出入口付近の本棚の陰に、王冠をかぶり赤いローブをまとった女性の姿が見えた。

間違いない、魔法女王だ。

魔法女王はひらりと小さくこちらに手を振った。

「頑張って」

控《ひか》えめにそう言って、ローブを引きずりながら出口に向かう。

わたしは慌《あわ》てて魔法女王を追いかけた。そしてすぐに、興奮気味の琴羽ちゃんと雪野ちゃんに抱きしめられる。

「結芽っち、一次通過？」

「やったじゃん！　すごいよ！」

二人はわたしの肩をばしばし叩く。「ありがとう」わたしは笑いながら、目で魔法女王を追った。

これから買われ、読まれる本で満たされた書店から、魔法女王が去っていく。わたしは文芸誌を抱きしめて、その後ろ姿をずっと見つめていた。見えなくなっても、彼女がいた名残を探し続けた。

去ってもなお、彼女はわたしのそばにいる。

そう感じたのが一瞬の錯覚だとしても、それはこのさき永遠に、わたしにとっての真実だった。

この物語はフィクションであり、登場する人物、および団体名は、実在するものといっさい関係ありません。なお、本書は書下ろし作品です。

——編集部

切りとり線

あなたにお願い

この本をお読みになって、どんな感想をお持ちでしょうか。次ページの「100字書評」を編集部までいただけたらありがたく存じます。個人名を識別できない形で処理したうえで、今後の企画の参考にさせていただくほか、作者に提供することがあります。

あなたの「100字書評」は新聞・雑誌などを通じて紹介させていただくことがあります。採用の場合は、特製図書カードを差し上げます。

次ページの原稿用紙（コピーしたものでもかまいません）に書評をお書きのうえ、このページを切り取り、左記へお送りください。祥伝社ホームページからも、書き込めます。

〒一〇一―八七〇一　東京都千代田区神田神保町三―三
祥伝社　文芸出版部　文芸編集　編集長　金野裕子
電話〇三（三二六五）二〇八〇　www.shodensha.co.jp/bookreview

◎本書の購買動機（新聞、雑誌名を記入するか、○をつけてください）

＿＿＿新聞・誌の広告を見て	＿＿＿新聞・誌の書評を見て	好きな作家だから	カバーに惹かれて	タイトルに惹かれて	知人のすすめで

◎最近、印象に残った作品や作家をお書きください

◎その他この本についてご意見がありましたらお書きください

100字書評

物語を継ぐ者は

住所

なまえ

年齢

職業

実石沙枝子（じついしさえこ）
1996年生まれ、静岡県出身。「別冊文藝春秋」新人発掘プロジェクト1期生。第11回ポプラ社小説新人賞奨励賞受賞。2022年、『きみが忘れた世界のおわり』（『リメンバー・マイ・エモーション』から改題）で第16回小説現代長編新人賞奨励賞を受賞し、デビュー。得技はアイスの早食い。本書は、亡き伯母の遺稿を書き継ぐ中学生・結芽が、現実世界と小説世界を行き来し成長していく、感動の青春物語。

物語《ものがたり》を継《つ》ぐ者《もの》は

令和 6 年 7 月 20 日　初版第 1 刷発行

著者———実石沙枝子《じついしさえこ》
発行者——辻 浩明
発行所——祥伝社《しょうでんしゃ》
〒101-8701　東京都千代田区神田神保町 3-3
電話　03-3265-2081（販売）　03-3265-2080（編集）
03-3265-3622（業務）
印刷———萩原印刷
製本———ナショナル製本

ISBN978-4-396-63664-7 C0093
祥伝社のホームページ　www.shodensha.co.jp

祥伝社

四六判文芸書

命を懸けて紡ぐ音楽は、聴くものを変える――
「この楽器が生まれたことに感謝しています」

風を彩る怪物

逸木 裕

二人の十九歳が〈パイプオルガン〉制作で様々な人と出会い、
自ら進む道を見つけていく音楽小説。

祥伝社

四六判文芸書

ちとせ

京の街は、夢の見方を教えてくれる――
第三回京都文学賞中高生部門受賞作

鴨川で三味線を奏でる少女ちとせ。
失明する運命を背負い見出した光とは……。

高野知宙